寫作這回事

目錄

向前走

一個人總得向前走，我個人的寫作生活十分任性，想到甚麼寫甚麼，喜歡寫啥就寫啥，從未作過精打細算，迎合過甚麼潮流甚麼人與甚麼事。最開心是這一點。

還有的，就是賺到合理生活了。

年前有新出版社主人邀稿，一開口就説錯了話：「我們比較喜歡你寫的如××與××那樣的故事」，既是拙作，大抵也不難寫，可是你不能管我。

當其時，愛寫甚麼故事就是甚麼故事，此一時也彼一時也，編者與讀者都不能叫一個作者再穿回從前那件柔情蜜意粉紅色小短裙跑出來跳一跳，笑一笑。

老覺得一些讀者眷戀作者從前的愛情故事是不願長大的緣故，可是卻怪作者今日的作品失卻當年韻味。

C先生曾困惑地問：「你為甚麼不再在專欄中寫打補釘的牛仔褲了呢？」我十分悽惶地答：「因為我早已不穿打補釘的牛仔褲了。」

請允許一個作者長大，並且，優雅地步入中年，請讓他的激情淡出，在文字中融入生活的精粹。

不然的話，那個作者，只得忍痛淘汰這批寶貴的老讀者，去吸收新的年輕讀者。

不願長大

我十七歲之際，讀者十七歲，我廿七歲之時，讀者也廿七歲，我三十七，讀者也步入中年。

到了此際，若干讀者開始不思上進，希望時光恒久留在他們最美好最成熟的階段，不再移動。

這是我們都喜歡占士甸的緣故吧，他永遠年輕，我們也是。

可是人總得往前走。

一個寫作人的風格怎可能終生不變，××同××的作風與廿年前一模一樣，雖然今日尚在發表小説，可是早已為讀者唾棄。

文風改變是極之自然的一件事，隨着年紀增長，人生觀、取捨、感情，都會隨環境變遷，從前覺得最重要的人與事，如今倒貼一百萬美金都不敢接收，滄海桑田，不變才怪。

作者步入四十多歲，讀者大吃一驚，甚麼，説着説着，寫着寫着，看着看着，怎麼半個世紀過去了？大為傷感，最好作者不老，那麼，讀者也不老。

我也希望這樣，可惜，我們生活在一個真實的世界裏，對了，這也是我們喜歡《中國學生周報》的原因吧。

讀者信

對於專業寫作人來說，單為一個人寫稿，不是十分可能的事。個別回覆讀者信，實屬奢侈行為，不符經濟原則。在專欄中答讀者這個辦法，有些作者認為可行，有些作者就覺得一對一答，對其他人不公平。

幸虧報答讀者的方式甚多，不一定要親筆回信。

譬如說，不要脫稿。又譬如說，寫得小心一點。又譬如說，題材創新，添增吸引力。

我是讀者，你也是讀者，統統是社會上成熟合理的人。收到心儀的作者本人親筆手抄本函件，當然雀躍。收不到的話，相信也不致反臉成仇。

其實讀者要問的問題，百分之一百可以在作者歷年所出諸單行本內找到，毫無必要修書重複。

某一位讀者個別的意見及要求，作者心銘，但無法實施，因市場往往需要針對一撮人的意願，並非一個人。

讀者們固然是老闆，但作者以勞力換取酬勞，公平交易，互不拖欠，絕對應該彼此尊重。

一些讀者十分客氣，滿紙寫的都是讚美詞。又有些讀者當作者是江湖賣藝人，盡情笑罵。

這樣的熱情！

訪問

能夠拒絕的話，一定不接受訪問。

多麼尷尬的一件事，聊天內容，被記錄下來，登在報上，供讀者消遣。

既不能說真話，故有「文壇沒有黑幕，做好本份即可」之語，又不能講假話，只得支吾「不算百分百公平，亦已足夠公道，懷才不遇難得一見」之類，你想想，多累。

一不欲講公事，像印了多少本書，實賣幾許這些，二不肯提私事，咄，作者與家人是否相愛同讀者有啥相干。

換句話說，不夠健談，無話可說。

我不想說別人寫得不好，亦不想說我寫得好，只能則中地答，批評我的人，不一定寫得比我好，儘管這樣模棱兩可，仍然不令記者滿意。

十個有八個記者但求訪問有震盪感，不計後果，當事人說過的當然照寫，當事人沒說過的也照寫，說過而請他不要寫出來的越加要寫。

結果是不愉快的多，所以漸漸不接受訪問，有甚麼意見，大可在自己的專欄裏發表。

但是我最愛看訪問，尤其是那些「讀者呀，甚麼都能同您說，心可以交給您，可是年齡不能告訴您」式訪問，娛樂性無比豐富，讀之有益身心。

訪問者

大學生問資深記者：「倘若某君一直不肯接受我的訪問，怎麼辦？」

記者答：「蘇辛尼津推卻我六次之多，但是我沒放棄，仍然飛到俄國去採訪他的老師及親友作背景資料，他知道後有點感動，便決定接受訪問。」

這不過是一個例子，香港沒有蘇辛尼津，不要擔心，大多數名人一聽訪問拍照也就樂得飛起來，無話不說，合作無間。

不過，也還是做些功課的好。

據說有記者去訪問作家，一坐下來便說：「我沒有看過你的書」，事主修養好，不過發兩句牢騷，遇上較魯莽的人，掃把拍將出去。

百分之九十五的問話均無誠意，不過是扯他人的名字來做裝飾充塞篇幅，似到超級市場買糖果，手指指，你，你，你，ＯＫ。

訪問出來了，當事人說的話往往被斷章取義，斬剩三兩句，差點沒淪為小丑，胡亂配上近照一幀……還算是皇恩浩蕩呢，同樣篇幅的廣告費已是五個位數字云云。

有若干雜誌惡名昭彰，上榜的名人一如砧板上之肉，尷尬之至。

你做甚麼

「請問你做哪一行？」新相識的人很多時會問。「教小學。」多簡單明瞭。「做護士。」更加一清二楚。「土木工程師。」不必解釋。「建築師。」一聽即明。「寫作。」壞了。「呵，是嗎，用甚麼筆名？」「寫甚麼故事？」「《戰爭與和平》是你的作品？」「你們是否全屬夜貓子？」「你認識某某與某某嗎，他們也是作家。」「怎麼寫得出那許多東西？我連寫一封信都覺得困難。」等等，等等。有時候怪累的。

或許真是一門奇怪的職業，故此引起無限好奇。有朝一日真正成了名，倒也簡單了。試想有人跑到大作家面前去問：「請問你做哪一行。」他只需答：「我是倪匡。」一點也不曖昧，立刻身份大白。

但接着問題更多：「你會功夫？」「真有天外來客？」「你見過幽浮？」「故事都是真的嗎？」「某報上連載那篇結局如何？」一千幾百個問號，都成了採訪專家，想在二十分鐘內瞭解作者一生苦與樂。「你們都喜歡打筆仗吧，文人相輕。」「你們都很誇張吧，文人多大話。」……

模擬問答

如何回答尖銳性問題？

「你收多少電影版權費？」答：「你想買哪一本？」

「你們是怎麼結的婚？」答：「只有他不怕狼人。」「我不相信。」再答：「只有我一個人不介意他沒有護照。」

「我勸你別同甲君那樣的人做朋友。」「太遲了，我倆今天下午就要去註冊結婚，請放過我們小兩口子。」

「你有愛過嗎？」「有，我的鄰居。」

「明明愛過，偏不承認。」「好，我愛你。」

「過着不可救藥的小布爾喬亞生活的你對於創作的觀念始終不能突破而進入新的蒼穹作出貢獻而社會又因此失去文藝應提供之養料，會否引起你短暫之愧意？」「嗄？」

「專業寫作收入到底是高是低？」「有人說高，有人說低。」

「最佩服哪幾個作家？」「那幾個比我寫得好的作家。」

回答尖銳問題最佳良方是不接受訪問。

誰不會唇槍舌劍？誰沒有一點鬼聰明？輸了一額汗，贏了沒味道。倒是不比賽的好。

讀者

讀者分好幾種。

有些，是別人的讀者，不過，只要是看書人，都是可愛的人，他今日看別人的作品，不表示明日不會看拙作，所以，讀者即是讀者。

另一些，是清醒的讀者，哪一本寫得比較好，哪一本寫得略為單薄，他一清二楚，見了面，會板着臉，要求作者退款賠償他認為不夠好的作品，作者自然汗顏，不過心實喜之，這樣的讀者，擁有十萬位的話，也就是名作家了。

最令寫作人抬不起頭來的讀者，是全盤沉醉那種，他照單全收，不知多忠誠，令作者誠惶誠恐，戰戰兢兢，下筆時千斤重，怕辜負他們。

還有家長式的讀者，處處管着作者：「幸虧你沒有接受那種雜誌訪問」，「不可以寫某報，那是一張亂灑鹽花的報紙」，「到了今天，千萬別公開私生活」。

甚麼樣的讀者都值得重視，有些人，不看書就是不看書，《紅樓夢》與《仲夏夜之夢》都與他不相干，對於寫作人來說，伊們好比一塊塊頑石，莫奈何。

命運的安排真奇怪，除出親戚、朋友，我還有讀者關懷，真正幸運。

興趣

專欄作者可分兩大類。

第一類作者經已擁有群眾基礎，讀者對他非常有興趣，無論是他的私生活、觀點、角度、意見，都想知道，且越詳細越好。

第二類作者尚未賺得這種特權，讀者對他本人還沒有培養出老友記般感情，對他生活起居，並無興趣，亦不想知道究竟，見哪一日題目有共鳴，讀之哉，如否，跳過，第二天再說。

第一類作者即使我我我亦不妨，讀者不介意嘛，第二類作者就最好暫時委屈一下了，身邊瑣事無謂多提。

一個專欄作者對他自己的興趣，不可超過讀者對他的興趣。

過度自愛用在專欄文字中，不但行不通，且叫人吃不消。

一直我怎麼樣我怎麼樣，我怎麼想我怎麼想，讀者會納罕，噫，你是誰呀。

不如讓讀者揣測一下，咦，他在這件事上到底怎麼樣，他怎麼想？

披露太多，有讀者要看，還算值得，甚麼牌都攤開來，讀者不屑，那才糟糕。

我的讀者

某夜，自以為一日工作經已完畢，正鬆弛，忽然傳真機響，一連傳來十頁剪稿，閱後，不禁怪叫連連。

來電者自稱是一位讀者，稿件正是拙作，一萬字短篇上用筆密密批註：甚麼地方用錯了字，甚麼形容詞他不太明白，還有，前後對白他認為有矛盾之處……總而言之，十二分不滿，不知在何處打聽到原著人通訊號碼，情願付長途電話費也要表明心跡，討還公道。

真令人沮喪，真覺可怖，生意越來越難做，信焉，本來類此投訴統由編輯部承擔，現在直接找上門來了，如此精明挑剔的讀者，彷彿是我一人專利。

別人的讀者，都好像陶醉還來不及，似乎一直暈浪，迷得要死，任何故事均照單全收，即使有紕漏，亦覺瑕不掩瑜，十分包涵。

讀者閱拙作時卻似拿着藤條，隨時一鞭敲下來，曾與他們正面交手：「何必那麼認真呢」，「此話錯矣」，「那麼，」也生氣了，「看別人的好了」，「也好，把書錢還我。」

一夜無眠，第二天起床，忽然特別認真，份外留神，把原稿修改好幾次。

我是你的讀者

那時，誰要承認他是《紅樓夢》讀者，長輩們會在談笑間給他一個頗為嚴格的考試，閒閒地問他十個問題，全部答中的話，評語不過是「小一輩，你算是看得比較熟的了」，那十個問題，難度一級級上升，整本書不背熟的話，一題也答不上來，背熟了不能貫通融會，則至多答對三題。

後來，誰說是金庸的讀者，又活該自投羅網，大水沖到龍王廟，魯班面前弄大斧，真是讀者，抑或只是馬屁精也是十個問題驗明真偽。

許多問題大家至今沒弄清楚，像降龍十八掌，書中其實究竟只列明幾招，葵花寶典中練的可是氣功等等，可以一直拿來考人，樂不可支。

寫作人開頭一聽，「我是你的讀者」這話，必定十分高興，後來，少不免出了疑心，ABC你看過沒有，DEF呢，甚麼，GHI都不知講些甚麼，分明是討嘴舌便宜的滑頭碼子。

大作家才夠膽挑讀者，我等則照單全收，以壯聲勢，絕不疙瘩，即使只在某日某時偶然不小心瞥及拙作，也是讀者。

愛你的人

寫作人，無論寫甚麼，當然是寫給愛我們的人看。討厭我們的人，千萬別理他，管他放甚麼厥詞，一如裝作看不見，一笑置之。

一些作者為着恨他們的人，寫了一篇又一篇，交代一次一次，不住辯白，真是傻，那樣做，分明是冷落了熱愛你的讀者，太不公平了，啊，注意力反而去給仇人，怎麼會有這樣的笨事。

無論做得多好，都會有唱反調的人，自由世界，言論自由，誰若說得太離譜，肯定自食其果，理它作甚，偶爾諷刺一兩句已夠，一對一答，未免太過抬舉。

歷來不知遇上多少偉大的批評家，淨掛住審閱他人文字中之標點符號、錯字白字，畢生功力就此荒廢，終身不悔，值得佩服。

人各有志，愛寫的人大可低頭疾書，埋頭創作，酬謝愛我們的讀者，忙得頭也抬不起來。

歡迎批評指教，正是，你有你講，我有我做，為愛護我們的人而做，對不起，若無充份自信，怎麼可以幹這一份苦工。

統統不理，只顧做好份內之事。

開心讀者

做讀者真開心，一百年前八千里路外寫成的小說，今日我們可以躺沙發上讀得津津有味，而且諸多批評：狄更斯、托爾斯泰、奧斯汀……

各派各系：存在主義、魔幻現實、科幻、羅曼蒂克、偵探！任君選擇。

自有暑假，便沉迷在小說裏，三國水滸紅樓射鵰，Albee，Ginsberg，Welty，Carver，Kerouac，Baudelaire，Bukowski，Malamud……好手如雲，多於天上之星，世上竟有這許多寫作人！

十元八塊，讀者任意選購，覺得好看，下次再認定那個名字，如不喜歡，翻閱三兩頁便丟在一角。友人說地庫有一角落，丟着數百本不想讀完的書。他從不慕名，只讀小說，每個故事均有機會。

一本書如何冒出頭來，不可思議。走進書店，只見書山書海，是口碑吧，漸漸傳開，值得一讀，於是讀者凝聚，成為一股力量，使作者繼續努力。

有作者未成名之前投稿七十七次不得要領，窮得安裝電話費也無，但仍有那麼多有志者要做作家。

我喜做讀者。

感人肺腑

讀者常常送我禮物。

那一天早上，零下六度，跑去看信箱，取到一個包裹，拆開一看，嘩，感人肺腑。

原來是讀者寄來手織小毛衣一件，藍白二色夾心形花紋，配小小白色心形紐扣。

立刻叫來小女，試穿，大小剛剛好，立刻穿着溫暖牌上學去。

YES！各人有各人緣法，小女的祖母及外婆均已去世，故從未穿

過手織毛衣，我則苦無時間，只得買現成貨色，真沒想到讀者會有此心思。

一直以來，看到別的孩童穿着各式手織毛衣，均投以艷羡目光，現在可不必矣。

頓時百感交集，親友總是對寫信沒有興趣？不要緊不要緊，讀者往往撰十頁長信寄上，觀點措辭之幽默詼諧精確，令我喜心翻倒，一個人幸運到這種地步，夫復何言。

自知一切均自寫稿而來，更加不敢掉以輕心，誓言永不脱稿，努力亂寫。

這種鼓勵是令我們一直寫下去的原因吧，在我心目中，讀者永遠第一，文字若無人閱讀，誰那麼辛苦寫。

身為讀者

當然明白為甚麼讀者希望一睹作者的廬山真面目。從前，每看到好文章，不論是一整篇，或許是一兩句，產生共鳴，立刻感動，馬上想約作者出來會晤，一訴衷情。失望難免，見面時已事過情遷，作者可能早已忘記上個月寫過些甚麼，亦不復追憶，該日因何感觸，也許他想保留一些私隱，無謂再進一步暴露當時的心情。

漸漸放棄，不再騷擾作者，做一個低調靜默的好讀者，看到優秀的文字，仍然剪存，用紅筆注標，方便日後參考。

時常揚言：我要是能寫得那樣好，也能賺那樣高的稿酬。又說：這樣的好文若寄到各大報章去，一定被老總驚為天稿，即時錄用，稿酬從優，一夜成名，文壇何黑暗之有。

只是不大再滔滔不絕傾訴仰慕之情，許多時，怕對方不好意思，覺得突兀。

也試過向作者要簽名、照片，同一個戲迷沒有分別，珍重收藏，留為紀念，作者許習以為常，隨即遺忘，讀者卻永誌在心。

出名

普通人對名人要求之苛之高，已達荒謬境界，最常見的評語是：「真失望，原來那麼平凡，就像你我一樣。」

兄弟，寬限一點，公平一些好不好。

人當然都是人的樣子，他再出名，身體結構還不就是與其他地球人相同，誰是華光，有三隻眼睛。

君不能要求一個導演揹着一對肉翅出場，威猛一如雷震子，他也不是南海觀音，冉冉降自七色祥雲。

人，就是人，銀幕上的美艷親王，也有憔悴疲倦心情欠佳的一刻，請多多包涵。

做名人並不是甚麼快樂的事業，他永遠在明，觀眾永遠在暗，一舉一動，十分吃虧，所以許多從事文藝工作的人，都不肯等閒亮相現形，免得負擔更重。好奇的群眾總要求名人聲色藝三全，缺一不可，愛之深，責之切，其意或善，但，反過來，名人可從不要求一名家庭主婦操流利英德法語、做滿漢全席、每年賺一百萬外快。

所以說，成名，要付出成名的代價，做公眾人物，非得承擔各種各樣褒貶不可。最理想是這樣：作者，千萬不要成為名人，作品，則千萬要成名著。

眾客平等

客人分甚麼貴賤，他買得起，捨得買，肯進門來光顧，就是個好客人；管他坐勞斯萊斯前來，還是乘地車前來。

尤其是買書的客人，對書店來說，多多益善。讀者並不分類，大學教授上門，固然歡喜；小小女白領期期選購，更為重要。

作者的心理亦應如此，作品在書店寄賣，出售速度越快，越是好現象；不論誰買，一樣高興，純屬商品，恕不贈閱。

總不能叫讀者出示身份證明文件吧：你，在港居留未滿十年，看不懂，不准買；或是你，家財不足三千萬，沒有資格看；沒有博士文憑，也不用談……

讀者群年齡身份背景教育水準相距越大，越值得高興。最好從闊夫人至小家庭主婦，小阿飛到專業人士，自十五歲到七十五歲的讀者都有。

一視同仁。

身份再矜貴特殊的讀者，給予作者的鼓勵與支持，同一名唸高一的小說迷完全一樣。

讀者有權挑剔作者，作者並無權挑剔讀者；況且，甚麼樣的作品，吸引甚麼樣的讀者。

作者是可以主動的。

煙火

讀者時常見到流行作家接受訪問兼拍照留念，或出席書展活動，代客簽名，流行作家嘛，顧名思義，是希望作品流行，故此榮辱不計，出盡全力，推動作品流行。

正是明知山有虎，偏向虎山行，為求曝光，在所不惜，哪怕登出來的只是指甲大小照片，也聊勝於無，正所謂沒有好的宣傳或是壞的宣傳，宣傳就是宣傳。

奇是奇在所謂嚴肅作家，一般也接受這種訪問，也提供玉照，而且看得出是經過精心挑選非常具性格的照片；照樣回答記者膚淺的問題。

這又是為着甚麼呢，難道也希望增加銷售量？呵，不可能吧，小書賣得越多，證明越是媚俗，市場有所需求，寫作人少不免多產，那，日後豈非又走進流行行列？

可是生活在俗世，不免亦要做俗事，連某這樣高風亮節的人物，到了台北，也接受當地報章長篇大論的訪問，記者水準特別高？非也非也，因為有稿酬及獎金糾葛也。

活人焉能不食人間煙火，與其要清不得清，從俗俗不受，不如坐下好好大吃大喝。

簽名留念

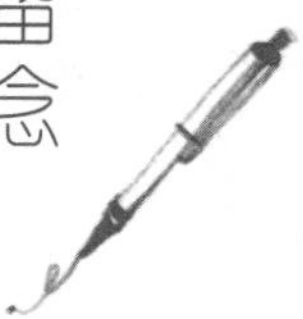

作者為讀者簽名，真正是酬賓運動，不計成本。

一個説法是可以賣多幾本書，其實有數得計，連上下款在內，每本書起碼簽一分鐘，一小時才做六十本，簽一個禮拜，不過多賣四五百本書。

暢銷書作者每年銷書目標是三四十萬冊，比較起來，當場簽名所得，微不足道。

時間也是個大問題，舟車勞頓，穿戴整齊，只怕荒廢了寫作，本末倒置。

還有，正如老匡笑說：「我的稿費每字三元，簽名如為賣書，蝕煞老本。」酬謝讀者則可。

亦有若干作者，不喜直接與讀者見面，不愛在公眾場所亮相，當然無可厚非。

但是為着報答讀者的厚愛錯愛以及盛情，作者還是樂意在書上簽名。

這當然是愚見：一年一度簽名運動已太頻密了，不過還可行，老生常談，一句話，一帖藥：書只要寫得好，作者避不見面，讀者照樣捧場。

一切附加動作，均屬錦上添花，那幅織錦本身已經寶光燦爛，花添在何處，實不打緊。

不反對簽名運動，亦不熱衷。

勁爆

古時皇帝的御廚，據說從不上時鮮菜式，給皇帝吃的菜，都是四季均有的雞鴨鵝，豬牛羊之類，免得一次皇帝吃過冬筍，忽然心血來潮，六月天時硬是叫廚房做出來，吃不到，即係有人欺君，那可是死罪。

不如早作準備，一年到頭，老老實實，以精練的手法炮製普通菜式。

寫雜文也是差不多的營生吧。故此嘩眾取寵是行不通的。

第一次第二次，讀者自然覺得有震盪感，愛看之至，其後，眼睛寵壞了，要求更徹底的勁爆，脫了外衣自然不夠，於是內衣也得剝下來。

那還成何體統。

喂，作者也是人，為維持一定自尊，保留某一程度的私隱，總不可能急不擇題，但求震撼吧。

掀朋友底，能掀幾次呢，每次又能賺多少稿費，每千字三千港元好了沒有？閣下十多年交情只值港元六千？要給讀者看不起的。

長時間計，真不划算。

故此情願平平淡淡過日子，上菜給讀者，絕對不用熊掌，哪裏去找那麼多狗熊。

都走了

故事一則。

某家添了新生兒，家人爭着又拍又抱又哄。孩子的媽媽勸道：「別慣壞了才好，讓寶寶靜靜躺着豈非更好。」爺爺說：「縱壞就縱壞好了，哈哈哈哈。」姑媽說：「寶寶到這世界，根本是來享受。」保母看護附和：「抱就抱好了，哪個孩子不愛抱。」媽媽無奈，苦笑。

過了半日，爺爺與姑媽回自己家去了，保母看護下班，爸爸則去上班。

媽媽於是對寶寶説：「説寶寶慣壞就慣壞、慣壞不要緊的人統統都走光了，天長地久，只剩我同你兩個人。」

這個故事裏絕對有一個教訓。

寫作人最終要面對的，不過是讀者群，只有讀者最最靠得住，其餘如書評人、行家、親友的褒貶，一於可以不理。

閒雜人等不過一張嘴説説算數，完全不負責任，沒事或累了，一哄而散，又去別處湊熱鬧。若只為着迎合他們而忘記讀者，殆矣，若信了他們意見而渾忘讀者，亦殆矣。

讀者或許沉默，讀者卻不容得罪，切記讀者乃你我衣食父母。

落淚

一部作品能夠令到讀者哭，是甚麼原因呢？

單是感動，只需一聲歎息便可解決，若果產生共鳴，最多一口氣不停把書看完才放手，但嚴重到流下眼淚，可見是真正的傷了心。

身為讀者，也遭遇過類此情況，往往在措手不及的情況下，被作者某一段文字擊中心房弱點，鼻子一陣酸炙，不由自主淌下熱淚。

不一定為言情小說的情節才生此強烈反應，有時是科幻小說，甚至是武俠小說。

都會中已極少有真正熱情衝動的人了，許多時候，麻木是為着保護自身，免受不必要之傷害，為一本書落淚，那真要很大的勇氣，同時受了很大的感染。

大俠説過，原作者認為是感人肺腑的故事，讀者不一定有同感，相反，連作者都不喜歡的作品，更無希望使讀者滿意。

故此，作者首先要感動自己。

多麼荒謬的事業：自説自話，還要令自己信服落淚？當中一定有比這更容易的謀生方法吧。

原來，令人心碎，也是小説作者的任務之一，一直還以為編編謊話便可過關呢。

筆劃

少年時寫小說，總希望給主角一個漂亮的名字，同身份全不配合都不打緊，總之要華麗、別致，一見難忘，真是一片丹心。

此刻當然不那麼想了，名字最要緊同那個角色的性格、出身、背景合拍，而且，有一個私心，筆劃儘量少些。

長篇小說的主角名叫蕭霞禧、嚴潔鵬、盧肇勤、廖樹耀……寫得作者手酸，有甚麼必要非取那個名字不可呢。

如不，大可用王永正、尹子玉、李小君、甘大文、朱子仲、林安月，容易寫嘛。

若干中文字筆劃之多之惱人，寫得頭昏腦脹，像鑿字，三十幾劃，在一格字裏足足做足三十多秒，寫糊了還得擦掉重寫，像小學生做功課一樣：只要功夫深，鐵杵磨成針。

璇、慶、賢、慧、讚、業、蘭這等多筆劃字，可能不適合做小孩名字，還有，不知讀作甚麼的堃、睿、焱、椢，也最好不用，小說看完了，讀者還唸不出主角名字，多失敗。

想法不一樣了，牛角尖裏鑽進鑽出，終於事事化繁為簡。

角色名字

替小說主角命名，是有點頭痛的一件事。日子久了，也深明歌者非歌的道理，乾脆打開電話簿子挑選。像吳立信，盛國瑾，趙秉謙，梁清月，王旭初等，都是好名字，都可以用。

開頭難免面目模糊，希望十幾萬字寫下來，讀者會得留下印象。

有時興致好，挖空心思想到一個名字，正在高興，發覺多年前早已用過，啼笑皆非。

正在用的名字，都記錄在案，最討厭是大配角，要花些心思記住他，一時懶查，便會寫錯，改正甚費時間，不禁問：「你到底叫甚麼？宏祖抑或祖宏？」

天天打交道，到後來，也彷彿真有這麼一個人。

故事寫完了，不甘心，時常在別篇給他機會友情客串一下，久不久兜個圈子，很熱鬧。

寫得多了，名字漸漸積聚，儼然一個社交圈子，他們都應該有機會認識，故事甲中的失戀男角如果找到故事乙中之可愛少婦，或許有發展也說不定……

遊戲於是越來越好玩，貪心到借用別的作者書中的名字，掠美沾光，作為嘉賓。

你說有趣不有趣。

姓名

武俠小說中，人物總不甘於平凡姓趙錢孫李，叫國棟家健敏兒。非得挑那種有古意的複姓像長孫、公冶、名無忌、紫煙，配得如一幅圖畫。

早十多二十年前，內地女孩子非常流行單名，而且採用中性剛健的字眼，像李真、陳橘、王豐，很有特色，她們絕對不會像本市的女孩叫詩韻、欣兒、美慧。

再早半個世紀，男人的名字中有時會用軟性字眼，像樂琴、琴紊、忘荃，都是例子。

最幸福的人，往往沒有名字，像張太太、黃太太、戚太太，表示一切無後顧之憂，天塌下來有長人頂着，天天吃完飯去搓麻將便可。

城市小說中主角，姓名已經不重要，不過是彼得保羅瑪莉，讀者也覺得十分生活化，無可厚非。

看到新生兒，往往急着問：叫甚麼名字？聽到普通的樸素的名字，總覺得很大的安慰，哎呀，平凡是福，何苦標新立異，先掛一個與眾不同的標誌。

有才華總是會冒出來，叫甲乙丙，愛皮西也全不礙事。

不過寫故事的人，還是希望書中人有個別致美麗的名字，這也是人之常情。

名字

人人都希望有一個別致秀麗又容易叫的名字，可惜這件事控制在父母手中，於是許多女孩叫玉芬、家麗；許多許多男孩叫國棟、家興。

名字取得好不容易，姓鍾，名意，本來悅耳之極，可是孩子長大，未必做藝人，鍾意大律師、鍾意腦科醫生……多麼怪。

友人的兩個女兒，大的叫竺霓，小的叫星吟，美絕人寰，叫你的靈魂顫動，卻一直懷疑，名字太特別，也許福就削，故不敢挖空心思。

其實每個新生兒叫恩賜絕對錯不了，那樣十全十美的小傢伙，不是上帝的恩賜又是甚麼。

長輩命名也個個好，他們是生命的泉源，沒有祖哪來父，沒有父哪有我，叫潤土，叫帶弟，統統沒問題。

有人重女輕男，有人重男輕女，有人深覺男女平等，名字何必分男女，有甚麼好字乃可依次序給孩子們領用。

近年來最欣賞的名字叫健樂，一個人有健康快樂，夫復何求。

寫小說的人，為書中主角配角，少說取了千多個名字，不簡單呵。

標致名

一向覺得都會女性名字不夠剛健，時常抱怨：甚麼時代了，女嬰出生，還用那幾個字命名：珍、秀、玲、美……重複又重複，好此不疲。

終於從內地得到答案：一日，忽然自體育版上看到一個少女網球手叫彭帥，眼前一亮，比這更神氣的名字，大抵是不可能了。

內地一直喜歡單名，大哥大姐的子孫，全部單名，簡約好寫好叫。

胡佳、田亮、瞿穎、趙薇、周迅、用普通話叫出來，悅耳，爽磊，愉快，像一班成績優異的好學生。

北京有文化，上海夠時髦，往往又只得一個孩子，挖空心思命名，佳作甚多。

深切關注同文子女叫甚麼名字，與文字作伴那麼些年，輪到下一代，名字可是要用一生一世，這次，又如何下筆？

同學同事的名字不復記憶，均因平常，引不起注意，其實也最安全。

最高興是替孫兒命名，叫甚麼？小寶，混進人群之中，快樂健康，做個普通人。

書名

純私人意見：書名，真是越簡單越好。一個字可以交代，就不要用兩個字；兩個字交代，就不要用三個字。並且，最好選人人看得懂的字。

用一個非常複雜的書名，然後寫一篇非常複雜的序文來解釋該個書名的來龍去脈，內文為着配合書名及序文，也只得一貫作風，大兜圈子，讀者看到一半，只覺眩頭轉向。

大概要待功夫十分的到家了，才可以破例，寫一本書，叫《男人的一半是女人》，道行不夠，恐怕還是樸素一點的好。

有時候很普通的常用字眼，已可以拼湊出很別致的書名，不妨給讀者留一些想像餘地。

經過粗糙的統計，言情小説書名出現最多的字是戀、緣、花。雜文通常叫甚麼集甚麼篇甚麼記，擺脱這幾個字，已可標新立異。

得了書名，就得開始寫書。

才真的要動一點腦筋了。

時常懷疑，書名還真的不重要。坦白的説，到今天還沒弄清楚甚麼叫「天龍八部」。

不要去理它了，既然內容最重要，那麼，書名越簡單越好，名符其實，名不符實，都不要緊。

小說名

喜歡看書名，都是心血結晶吧。

《臉》、《反射》、《殺意》、《女囚》，全是推理小說，還有《黑貓知情》、《毒》、《有刺的樹》、《殺人雙曲線》、《隱密的殉情》。

文藝小說則叫《永遠》、《假面之舞》、《在太陽出來的地方》、《這一片燦爛》、《時空之約》、《閃電而去》、《濕濡的心》、《還似無情》。

讀者要是對一個作者尚未熟悉，那麼，挑書看書名是否吸引，是很合理的事。

當讀者對作者有信心之際，那麼，書名叫甚麼已不重要。

書名簡單些比較好，有一本雜文冊子叫《我的寂寞剛剛好》，那還不如叫「我的寂寞」，或是索性叫「寂寞」，方便讀者到書局詢問。

還有，叫《擁舞在你的心湖》不如索性叫「擁舞」或是「心湖」。

書名用來點題，華麗的書名自有懾人之處，像《醜陋的中國人》，嘩，題目大了。

出版社的書目，最引人入勝，讀之令人莞爾：誰仍然語出驚人，誰專愛賣弄，誰爐火純青，一目瞭然。

當然，書名再巧，也得有配它的內文，毋須捨本求末。

小說人物

那日到麒麟閣吃飯，一進門，一個照臉便看到張美麗的面孔，震得呆掉，身不由主的跑到近她的桌子，佔個好位置，看着她，喃喃自語：怎麼會有這樣的美女，怎麼會！

狹長的雙目，挺直鼻子，略厚的嘴唇，鵝蛋臉，雪白的皮膚，束一條馬尾巴，沒有化粧，只有唇上搽着鮮紅，還戴着巨型圓形假寶石耳環，配船形領口的黑毛衣，那種打扮，完全復古式回到五十年代林黛、尤敏她們的模樣，看得人一陣溫馨舒適，目光無法移轉。

太多的大袍大甲七彩繽紛濃眉大眼的靚裝艷女，偶而見到個如斯文雅素淨的天生麗質，感動得有震撼感，幾乎想走前去說聲：「你太美，美得只應在小說中出現！」

真像當年的夏夢。

女主角

常常聽見人家笑說：「整日談戀愛，你以為你是小說中的女主角？」

很不以為然。

那也得看是甚麼人筆下的女主角。

拙作中女主角絕少以戀愛為主，日常生活多數清苦，天天聞雞起舞，聽差辦事，甚麼都靠自己雙手。

老實講，有選擇的話，當然是做前輩小說中的女主角好，一天到晚披件紫色的風衣，倚偎在男伴寬大的肩膀中，在微雨中訴衷情。

有一位同文的女主角最倒楣，永遠是人家的婢妾，而且痛苦中有極大的快感，重複又重複被虐，越來越有心得，心態差些沒回到清朝去。

有些女主角幾乎一出場就身罹大病，九死一生，另外一些總是被人欺侮，永不超生。

所以說，女主角有許多種，切勿一竹篙打沉一船女主角。

呵差點忘記還有一些隨原作人不住流浪，找不到安息之地，苦命之至。

寫一本好小說的精髓是創造一個有血有肉的女主角，此事說時容易做時難。

唉，讀者們聰明又難服侍。

美人

小說裏的男女主角往往長得美，很多人認為那是因為膚淺的作者要吸引膚淺的讀者。

不是這樣的。

恐怕只能說，是聰明的作者，要吸引疲倦的讀者。

人生在世，眼睛天天看世界，吃冰淇淋的時間能有幾何？

同事、朋友、親戚，有多少人看上去使觀者深感賞心悅目？

有時候心情欠佳，照到鏡子，都幾乎想驚呼一聲。

在真實的環境裏，盼望看到美麗的事物，漸漸使人極度疲倦、困惑、失望。

不如打開小説，逃避一下，略作休息，再從頭與現實周旋。

美，倒不一定指沉魚落雁之貌，閉月羞花之容，多數是一股與眾不同的氣質，楚楚動人。

愛美是人的天性。同樣的七情六慾倘若發生在言語無味面目可憎的人身上，作者固無心思一一加以詳述，讀者也恐怕會看得打呵欠。

同真的一樣，何用看書，不如與朋友或敵人聊聊天，他們生活之中有何曲折之處。

是以略為加工，稍作誇張，寫的人舒服，看的也適意。

不甘心

佛洛依德門徒會說這是不甘心的緣故。

作者天天守在地庫裏寫寫寫，總希望小說中主角可以飛出去有所作為。

故此不願給她們一份普通職業。

如果有生花妙筆的話，她們都是木蘭花，可惜，能力有所不逮，那麼，叫她做一名修復建築師吧，到歐洲去，為華裔業主把破殘舊的十七世紀古堡修復至全盛時期模樣，然後，糾眾動身去修復圓明園。

生活苦悶，找些鮮活來寫，提高士氣。教小學為生，或是開爿花店，好似不大有資格做女主角。走出去嘛，去，走遠一點，到希臘可庫島去，在依利莎白遊輪上談戀愛，露營，則到以色列西乃山的沙漠岩洞。為甚麼不？老匡說得好，又不必作者真的跑了去，寫作至大樂趣是吹牛嘛。

寫得太老實了，盡失浪漫，不似小說，倒像生活日誌。一次，A把新劇本給我們看，女主角竟是一名社會工作者，頓時叫救命，這一門高貴艱巨的工作不適合美女做，美女又何必做甚麼。在這種事上，一定要信邪。

癡情

文藝小說中，必定有一兩個癡情女角，墮入網中，不能自拔，叫讀者欷歔不已。

這是百年不變老模式，毫無新意？也不是，新一代讀者仍然接受癡情，卻不再容忍女主角愚蠢。

癡情是人類極高的浪漫情操，一般人見難即退，不會跟自身過不去：結婚生子而已，何必死去活來，都這樣理智明敏了，故此特別珍惜小說中癡情人物。

不過，癡情與愚蠢不一樣，舉個例，雨果的女兒阿黛兒，她只是癡情，她並不遲鈍，又像《紅樓夢》中黛玉寶釵，她們完全知道發生着甚麼事，只是難與環境抗爭。

例子舉之不盡，愛玲女士小說中全體女主角，均明敏過人，令讀者傳誦。

有些小說中，女主角似低能兒，永不長進，過了二十年，她女兒也像白癡，一味刁蠻任性，平面簡陋，毫無層次，讀者越來越生氣，結果放棄閱讀。

金庸作品裏，程靈素叫人惻然，任盈盈是可人兒，黃蓉令讀者心疼，均因她們無比癡情兼絕頂聰敏，活靈活現。

不好寫，那當然，新文藝小說中角色恐怕都太過會得計算了，癡情不足。

無名髮

友人喜讀張愛玲，小說中所有細節都撰文細細分析，獨獨沒有提到張文中諸女性的髮型。

呵，一個女子的頭髮訴說的故事可多着呢，她為甚麼把頭髮剪得貼在頭頂一如小男孩，有甚麼理由要熨曲，為何做成波浪，又年紀輕輕，長年梳髻，究竟何故。

《紅樓夢》中多次述及梳頭、髮式，最漂亮的髮型屬於寶玉，他把邊沿頭髮全梳成小辮子，再將這些小辮子匯攏一起，編一條大辮，辮

尾墜四顆大珍珠作為裝飾。

金著中的黃蓉，一身白衣，站扁舟上，秀髮披肩，只用一隻金環束住。

我喜歡拉斐爾前派畫中濃眉大眼輪廓分明的女郎，一頭厚厚的長鬈曲頭髮，無窮無盡，猶如她頑強的生命力。

傳奇中紅拂一頭長髮，梳理之際，吸引無數艷羨目光。

張著細膩地，多次形容女角頭髮，以及髮上飾物，對人物命運，情節轉變有不可分解的微妙關係，希望文友一一分析，滿足我們的盼望。

至於最叫人難過的頭髮，當然是可憐高堂明鏡悲白髮，朝如青絲暮成雪。

夏宅

踏人夏宅，馬上呆住，呵這不是我小說中的家嗎。

舊房子，在三樓，下雨天的廳堂略暗，寬大的地方，傢具舊中帶新，老式的水晶燈低垂，靜靜的花香。

遠處傳來孩子腳踏車鈴聲，令人心神恍惚，牆壁上又掛着綉花的匾額，色彩調和文靜。

女主角坐在這裏，被男主角愛上，發生了許多銷魂的片段。

除出天邊月，沒人知，這種情調這種公寓，都使人為戀愛而戀愛，太美麗了。

夏家小女兒穿着芭蕾舞衣轉入來，這樣環境中長大的孩子，將來又有些甚麼故事呢。

令旁人想了又想，想了又想。

住址

真悶。

公寓房子統統兩個廳，然後一條走廊，通往三間睡房及兩所衛生間。

小市民只得空餘恨。

其實不一定要富有得腰纏萬貫才能住得到比較有趣的地方。

莊園及堡壘固然引人入勝，有時候運氣好，在外地，也可以找到相當便宜的舊馬房、閣樓、貨倉等改建的住宅。

儲物室、廚房、書房，全在意想不到的位置，看房子變成尋幽探秘；呀！這裏可放置一隻角櫃，那裏足夠空間將大書桌拋放在中央……樂趣無窮。

新城市容不得這樣的奢侈，全部蠲免，新建設經濟實惠。

新房子便於整理，管理劃一，設施齊備，不是沒有好處的。

但總不忍心讓小說中的女主角住那樣平凡乏味的寓所，於是挖空心思叫她們搬到老式美麗的大屋裏去。

給個地址，統稱落陽道，四號。也只有書中人物配住那裏。

因使他們不必理會修理渠喉、接駁電線這種使舊樓住客壯志消沉的瑣事。

笑話

家明是個很嚴肅的笑話。漸漸一切變得那麼真實。

他不是廣東人，當然。

實在不能決定他將在何處賺錢，但是他最好多賺一點，或者他有一個富有的父親。（噯這把一切難題都解決了呢。）

他住在一間古老大屋裏面，早晨一邊聽柴可夫斯基的鋼琴協奏曲一邊喝西柚汁。上班的時候他穿白襯衫灰領帶黑西裝巴利瑞士鞋。下班的時候米色嘉巴甸或是深藍牛仔褲球鞋。

他不抽煙。他不喝酒。他最喜愛的飲料是雲尼拉冰淇淋蘇打。他吃得很簡單很乾淨。

呵他的袋錶是康斯丹頓，手錶是金勞蠔式。

他開黑色的摩根。

他只用藥水肥皂，不用男性古龍水，白色毛巾。

他有一隻公事包，黑色的，牌子還不能決定，已經用舊了。他用地球牌白金鋼筆——天，多麼大的樂趣，簡直說不完呢。

休息室

我並沒有十分決定家明的屋子作甚麼打扮。

那裏許有一間房間，落地長窗，白色素淨的薄簾，一張真皮深色的S形情侶椅，小小的高腳圓几，放一隻水晶瓶子，插滿黃色的洋水仙。樓面非常非常的高，白色牆壁，木板地一長條一長條，走上去「閣閣」響。窗外有影樹，看看，紅花已開了一頂。

小小夠兩人站的圓露台，鐵欄扭成圖案，擺一瓦缸金魚。

不要冷氣，天氣燠熱的時候用扇子，檀香的、泥金的，名人字畫扇面。

牆壁上掛甚麼呢？你知道印象派的摩里蘇當然，掛一幅他的《夏日》。或是雷諾亞的《雨傘》，只一幅就足夠。

呵這個房間就稱休息室吧，放一架小小嵌鑲螺鈿的風琴，有誰喜歡，可以演奏一曲，技巧不需要好，咿咿唉唉，夾一陣嘻笑。有人在露台上餵金魚呢，魚嗒嗒的浮上來。

家明的休息室。

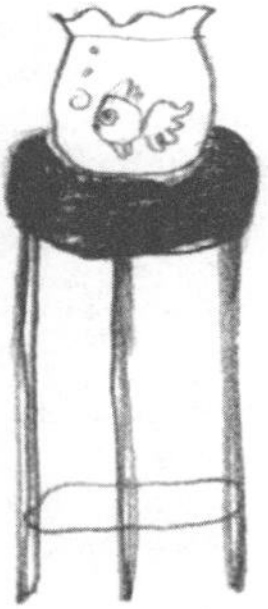

書房

然後進到他的書房。呵家明怎麼能不看書呢。他的書房是一個小型圖書館，照圖書管理的方式找書，恕不外借。一切齊全，有梯子，有古老的熱水汀。幾乎一望無際的書桌，一切都是最好的桃木，維多利亞時期裝飾，一條溫暖的大舊地氈，那種灰藍灰藍的天津毯。

有電視機，有唱機，唱片疊在書架一角，燈架低低垂下來。那種五十年前的蓮花式玻璃燈罩，開亮時「撲」一聲。

大蓬玫瑰花，深紫地盛開，英國威治活的瓷瓶，抽屜裏塞滿名人的字畫。（你要明白，那是家明的父親給他的財產之一。）

他有一百種精美的圖章石頭。七千多隻精彩的貝殼。好幾十本中國郵票，對，從盤古那一枚都搜集齊備。

但是他不常常在書房中。因為他工作很忙。

呵這個笑話真是無邊無際的呢。

家明

家明是這樣的：

他是唸科學，因為甚麼也沒發現過，所以他有三分憂鬱。因為讀書在這個年頭得不到應當的報酬，所以有苦自嘗的姿態，家境是過得去的，因此更寂寞。

他並不見得英俊，有點固執，穿黑白兩色的衣服，用皮埃波曼的手帕，很偶然也穿一次牛仔褲。不常笑，笑起來是非常孩子氣的。閒時也看《紅樓夢》。

他一次又一次地尋找丹薇，並不知道丹薇一次又一次地尋找家明，他可能永遠遇不見她，人海茫茫，他錯過了她。他的平凡的生活過程也是小說。

丹薇

丹薇應該是這樣的：

在一九七八年的夏季，雪亮烏黑的秀髮，太陽棕色皮膚，沒有化粧，眉清目秀，穿白色細麻寬身大袖上衣與裙子，秀氣的腳上穿金色平跟涼鞋，開一部小小的雪鐵龍戴安，一副不起勁中有精神的樣子。她有一份高薪的職業。

丹薇應該有一份高薪職業，所以她沒有太多的時間專心戀愛，她的情感是西化的邂逅。所以她可以來去自若，因為她的經濟獨立。於是她生活的片斷不停成為小說的情節。既然人物的性格背景這麼統一，何必捨丹薇而取其他的名字呢。

方中信

小說中有一個人物，姓方，名中信，這個名字還真有典故。《紅樓夢》中有詞曰：「歎人間美中不足今方信」，抽出方、中、信三字，成為姓名，那角色如果還有妹妹，很現成，大可叫做方中美。

好事多磨，美中不足，乃現實寫照，世事古難全，是以我們常聽人說：某某與某某這樣漂亮聰明能幹，卻至今尚無理想對象。

可是要求低也不行，退了一步又一步，對方仍然咄咄逼人，白了頭俏了老亦無意思。

我們總要付出生命中寶貴的一樣去換取另一樣：添了伴侶，丟了自由；擁有子女，多了心事；得到事業，失去時間……

得失不知如何計算，所以人類的快樂永遠不能完全，成年人總有訴不完的衷情。

在某一個程度上來說，我們都是方中信或是方中美吧。

對了，那詞兒整段是這樣的：「歎人間美中不足今方信，縱然是舉案齊眉，到底意難平。」

趕快千里共嬋娟算了。

愛情故事

小友說：幾時再炮製一則俊男美女愛情故事，佈景豪華，衣着瑰麗，氣氛浪漫。

一聽此言，即時沉默。呵，若他們還懷念那個，即表示此刻採用的題材尚未算成功。

恍然若失。

可幸愛情小說最易做不過，是心情緣故吧，正像大衞寶兒已拒唱舊歌：「四十六歲的我若再唱『叛逆叛逆』已無誠意」，不如努力將來。

讀者相信亦會結婚生子，認識生活中除出愛情，還有其他許多大小事宜需要處理，憧憬日益減少，一日比一日踏實可靠。

生活得充實上進比光談戀愛不顧責任難度高許多。

不，以後大抵是不會再寫「懿姿一亮相，真正目如寒星，膚若凝脂，襯着一件寶藍絲絨長裙，同項圈上的大顆麥花藍寶石相輝映，何俊複的目光緊貼着她，這是誰！這是誰！他前半輩子就在等這個人，忽然鼻子一酸，別過頭去，別，千萬別讓她是大哥的未婚妻……」

你不覺得好笑？我現在覺得。

一支禿筆，實在寫不下去。

我比較喜歡今日完稿的故事。

娛樂

「這種時勢了，還有人看愛情小說嗎？」

有，當然有，這是一種精神寄託，社會環境好，人們生活安逸，最佳娛樂之一，便是讀一本愛情小說。

環境差，時勢動盪，經濟不景，更加要尋開心，發洩苦悶情緒，小書所費無幾，一頭栽進故事裏，逃避三兩個小時，最為理想。

歷史告訴我們，無論政局時勢，愛情小說一直有它的讀者，唐宋元明清、中華民國、中華人民共和國，都擁有可歌可泣的愛情小說。

港台澳、星馬泰，均不乏愛情小說擁躉，管誰當權，盛行不衰。

這同賭場一樣吧，民生需要剎那間的歡愉，故此時勢好，進去玩幾手，時勢劣，更需博一博，賭場與愛情小說，永遠有得做。

大人物少，小市民多，遊行抗議無效，應付通脹至筋疲力盡，下班回家，飽餐一頓，那麼，至大安慰，也許是可以在臨睡前看一本小說吧。

堪稱最廉價娛樂，物有所值，故恆久受消費者歡迎，屬古老行業。

小說

小說之所以叫小說，因為它是小說。

不是歷史，不是科學鑒證，不是新聞報告。

小說全屬虛構，小說作者唯一目的，是盡量把故事寫得好看。

我也受過高等教育，不乏普通常識，我知道每件事真實情況，發生過程，前因後果，個中恩怨。可是事情總有例外吧，生活比小說還奇的例子多的是，讀者需要的，往往是這一點奇情。

你不是真相信世上有隻猴子會七十二變吧，還有，賈寶玉出生之際，嘴巴裏果真含着一塊玉？

甚麼叫做「降龍十八掌」？衞斯理真見過千年的貓、藍血的人？

小說即係小說，我若不能令你信服，那是我學藝不精，可是小說讀者不應研究情節真或假，因為天下沒有真的小說，所有小說都是假的。

好看已經足夠，不好看，大可去找更好看的。

小說世界裏，甚麼都有可能發生，那是另一個美麗的空間，在那裏，天荒地老，愛情不變，還有鬼怪四出，冒險歷奇，江湖人物，快意恩仇……

舊故事

《游龍戲鳳》的故事放在今日，不過是中年男子與少女邂逅偶遇的一個短篇。

他出身高貴，微服出行，遇到青春貌美，活潑俏皮，不給他特權的她，兩人在原有的生活圈子裏過着刻板的生活，悶得慌，忽然遇見對方，大喜過望，他不嫌她身份低微，她也不計較他年紀大上一截，兩人都深覺刺激新奇，於是打情罵俏，娛己娛人。

應該在酒樓相遇，亦在酒樓分手，不過民間傳奇的劇情往往過火，非要拖一條有情有義的尾巴，叫他們弄假成真，後來女方還要千辛萬苦尋上門去，大灑狗血，連開頭那一點點俏皮都一筆抹煞。

可見故事創作不容易，但批評分析就最便當不過，三言兩語，或褒或貶，便顯出眼光獨到。

對舊陳皮故事特別留神，老想看有甚麼翻新的餘地，但它們大部份太過纏綿，不合現代人心態。不過女主角的地位，卻一貫重要，且都是貌美的，當然，《水滸傳》除外。

這些故事，當初都有原著人，必然是流行作品，一流就流到二十世紀末期，供後輩作參考用。許多只有一個景，適合改編劇本，在電視或舞台上演，把它們的生命繼續流傳。

做夢

自己喜歡做夢，小說中人物也跟着大做其夢。

甚麼樣的夢都有。

夢見前世與下一生，過去與未來，夢見所愛已逝去的人，又夢見不可挽回的感情。

一門心思的做夢，一有空就做，趁機會就做，做完又做，直至一切的夢變成小說一部份。

讀《紅樓夢》的次數多了，就瞭解到，夢其實是人生的縮影。

每個主角都做夢嗎？全無例外，在夢中，他們得償所願，即使不是高高興興，亦蒼茫得心甘情願。

夢的好處是精簡扼要，很少有人會在夢中吃飯洗衣服幹家務帶孩子，夢的情節永遠大悲大喜，錯愕突兀，沒有平凡的夢。

小說主角的夢更加可以肆無忌憚地多姿多采，有時他自己以為已經醒來，但是沒有，夢中有夢，一個夢破了，他仍然套在夢中，待真的醒來，反而更加迷糊。

在最困難的時刻，他們會痛哭：「這是一個噩夢，一日我會醒來，我只有十八歲，剛上大學，而且父母愛我」……

美夢與噩夢都是夢。

夢

貪睡如豬。

往往倒下床，一睜眼，已經天大亮，新的一日已經開始，十來個鐘頭不明不白消失，案上待寫之稿件堆積如山，因此苦笑苦笑，盼望有名醫治得了渴睡症。

喜尋好夢，似乎是人之天性，因而構思到一個故事：主角一日比一日渴睡，原來，在夢中，他去到另一個更好更美的世界，在那裏，他找到理想的配偶，建立和諧的人際關係，他的才華，充份得到欣賞。

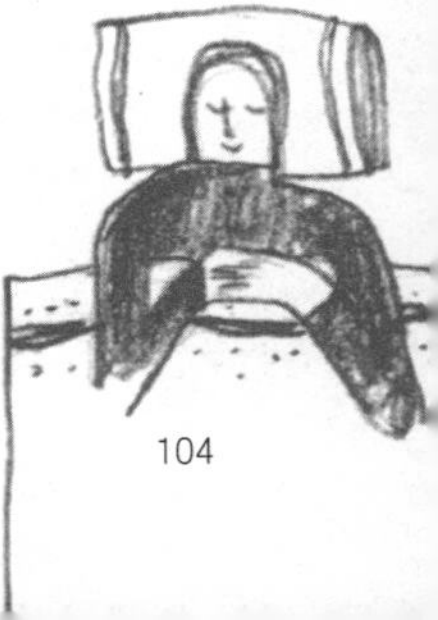

因此他越睡越多，終於，他在現實的世界裏，連雙眼都睜不開，家人責罵他，老闆開除他，他全盤失敗，苦不堪言。

但不要緊，美夢給他最大的滿足，於是他天天睡十多小時，漸漸終日不醒，只剩下肉身躺在床上，嘴帶微笑，出竅的靈魂不再回歸。

家人把他送到醫院去，用儀器維持肉體不敗，他成為一個植物人。

現在，他廿四小時都可以活在美夢中，不知情的護理人員，還可憐同情他呢。

越來越渴睡，久不知失眠為何物，每夜咚地仆在床上，只覺賓至如歸，無比歡娛，只怨日長夜短。

噫，夢裏不知身是客，一晌貪歡。

題材

都說寫小說找題材最困難。

真的嗎？

題材還是有的，怕只怕沒有能力把它寫出來。

與朋友閒聊，都說有一位女士的故事，應該可以寫成偉大的著作。

她在傳教士家中出生，其貌如花，到美國唸書，嫁給最偉大的革命家，不幸很年輕就守寡，流亡到莫斯科，患病，傳說與一位將軍發生感情，他又落在政敵手中，她去求情，受到拒絕，敵方的統帥，是她

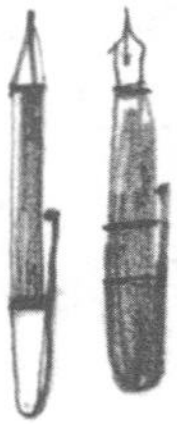

的妹夫……

還要說下去嗎？不用了吧，一切資料，唾手可得。

怎麼會沒有題材？一個作者，最最需要擔心的，不過是他個人說故事的才華。

題材可以完全公開，不同的人，不同的筆，寫一模一樣的故事，高下照樣立分。

前輩都勸我們，盡量在生活中找題材，其實是婉約忠告，是叫晚輩把日記寫好，再去尋找大題目。

連學寫作的史諾比都希望一動筆便是一本《戰爭與和平》，由此可知，隔在作者與鉅著中間的，是天份，不是題材。

真假難分

小說作者的伴侶同人訴苦：「我是他生活中唯一的真人。」其餘的，都是他筆下創作的虛構人物，難題是怎麼一起和諧地生活在同一空間裏。

又說：「這裏不由得你作主，這是真的。」多令人悵惘，寫作人一進入真實的世界裏，就不能夠安排他人的命運了，有更高的主帥統率一切，寫作人不宜胡作妄為。

又說：「他有一本筆記簿，上面記着他說過的謊言，萬一忘記，即時查閱。」笑死人，這正是小說大綱，忘了可不得了，前言不對後語，顧客大大起哄。

三言兩語，道盡寫作人心底滄桑，以上對白，節錄自一部電影，男主角勤於寫作，沉迷劇情，單與小說人物打交道，漸漸冷落伴侶，並且也不願意與世人交往。

在創作天地中任性慣了，隨心所欲，無所不至，瀟灑自在，自有無窮樂趣。

漸漸想到一個迷離境界式的故事：寫作人深居簡出，友人嘖嘖稱奇，實在忍不住，叫私家偵探查訪，原來每當夜深，他書中角色，陸續現形，陪他聊天玩耍，不曉得多熱鬧，到最後，曲終人散，作者說「等一等」，他隨他筆底人物，冉冉而去。

指環

想寫這個故事。

一個女白領，忽然承繼了遠房親戚的遺產。

那筆遺產非常豐富，除出現款珠寶，還有南太平洋一個小小島嶼，那個島，叫衣露申，英語幻覺的意思。

女子立刻出發到島上，那真是一個美麗的地方，有碼頭及小小一個飛機場，平房與園子打理得十分美觀，當然空無一人。

後園，近峭壁處，有一間小木屋，門虛掩，女子好奇，推開門，木屋內放着剪草機等雜物，然後，她看到一隻鐵皮盒，打開，裏邊赫然是一堆骨灰。

她十分震驚，帶着骨灰盒離開小島去化驗，法醫在灰中找到一枚鑽石指環，白金部份已氧化，鑽石完美無瑕。

死者，是女性。她是誰？死時甚麼年紀？因何致死？她與島主有甚麼關係？

想好久，都沒有妥當安排，大綱只得耽擱在那裏，改為每週末的一個遊戲，每次加一點假設，奈何都不算理想。

大抵永遠不會動筆。

黑色故事

想寫一個這樣的故事：小說中只得母女兩人，互相憎恨、虐待、糾纏數十年，女年幼的時候，母予女一個最黑暗的童年，待母年邁依靠女的時候，女以彼之道，還彼之身，兩人不住諷嘲、踐踏、輕蔑對方。到最後，大家都老了，但為了不使對方有好日子過，仍然鼓舞體內僅留下的一點精力，與對方作對。

一日，女又見母怨氣沖天，目光充滿戾氣，在人前四處宣揚母愛，她犧牲了多少，卻一點回報也無，女與母開始爭吵，忽然發覺母身上肌肉潰爛，一塊塊掉下來，女終於明白，母已經死亡，即使如此，仍不放過女。

女頹喪無比，這場仗可能要打輸了，但且慢，女看到自身肌膚亦一樣腐化，呵，原來女也已經與世長辭，女寬慰了，知道甚麼都沒有變，一切如常，照樣可以鬥下去。

女悠然聽母廣播：「我愛女，女拒絕我。」勢均力敵，自陽間一直玩到陰間……

可惜一直為家庭雜誌撰稿，這種題材，若予以發揚光大，老總大抵會飛出血滴子。

每次想嘗試新題材，都為他們努力撲殺，聲稱「不要嚇我」，可恨之至。

我的稿紙

自七三年起，稿件一直寫在航空版我的稿紙上，紙張薄如蟬翼，輕俏，紙質恰好書寫，特別得心應手。

因寫得比較多，速度十分重要，每天工作三小時左右，六張紙，週末休息，從不休假，《明周》前編輯坡叔說：「這倒好，像上班似」。

約三年前，出版社轉告：上海書局印製的我的稿紙已經停刊，那即是說，買不到了，不過，「可以替你印」，但是接着一年，印了幾次，照物理名詞形容：Friction Torque，全部不對，筆在紙上連彎都轉不過來，痛苦之極，於是到地庫翻箱倒篋，尋找存貨……

有日閱報上專欄，得知我的稿紙由一位歐陽先生的家長設計，真是書香世代，天天受惠，在此說聲多謝，許多同文用電腦打字，又有行家轉用四百字日式稿紙，但是我用得最久的，還是街坊稿紙，配一支鉛筆，每日書寫。

女兒幼時，偶然把筆取去寫字，遍尋不獲，亦喊救命，為甚麼如此堅持此筆此紙？在無常的寫作生涯裏，它們也許是定海神針。

後來，稿紙又印了幾次，勉強用着，相當抱怨。

筆

最開頭的時候，用鋼筆寫稿，做功課是那支英雄牌，謀個零用也靠它。畢業之後，改用原子筆，書寫流利，加上年輕，自覺文思敏捷，簡直一流。

寫寫不覺出色，當然埋怨刀鈍，一於賴在筆上，於是四出收購昂貴名牌金筆，緊記神筆馬良的故事。

等再也找不到藉口的時候，索性改用針筆，因為這種筆的墨水流量快，非得運筆如飛不可，略一躊躇，立刻漏墨，被逼沙沙沙不住書寫，依時交稿，真幫了不少的忙。

記憶中彼時的原稿不大改動，毋須動用塗改液。過一陣子又改用細筆尖的廣告筆，幾乎每千字都得換一支，乾涸得比文思還快，十盒廿盒那樣買回來用，改稿的時候整行用白漆劃掉，乾了重寫，自嘲白油皇后，不知是否態度認真。

到最近索性用起鉛筆來，有甚麼不對，用一塊鬆軟大橡皮擦掉，一點痕跡也沒有。

寫完之後影印數份，看上去真的一樣，整整齊齊，像是一個字都沒有改過。

非常悶的一份工作，所以只得把一支筆換來換去俾得博取些許新鮮感覺。

自來水筆

有隻墨水筆百週年紀念，刊登廣告，內容奇趣，摘錄如下：十九世紀末，柯南道爾以他心愛的墨水筆，成功地塑造了膾炙人口的小說人物——神探福爾摩斯。

一九一二年，大文豪蕭伯納亦以這隻牌子的筆編寫《窈窕淑女》原著劇本。

一九四五年，盟軍總司令艾森豪威爾將軍用它簽署第二次世界大戰和約。

一九五四年，富豪克朗以該種筆簽署購買紐約帝國大廈合約。

還有，一九八四年，美太空穿梭機發現號攜帶它上太空……

戰績輝煌，的確擔當了一個有趣的角色，且別理它有沒有為大作家爭取靈感，替大商家建立不敗之聲譽，無論如何，與有榮焉，雖然不是它，也會是別的筆，畢竟它已爭取到一定的信任。

工欲善其事，必先利其器，那是一定的，有選擇的餘地，自然是做用筆的那隻手比較上乘。

到最後，大家也頗不介意用甚麼筆甚麼紙了，文思比金筆重要千萬倍，作風樸素的人自然不會捨本求末，不信，你問老總或讀者，重筆還是重人。

利己利人

我們這些時髦的寫作人，少不免在文中牽連到一個半個、一句兩句英文。

友人一次說：專欄中英文字排錯的機會比較高，你好像沒有這個煩惱。

在沒有把秘密講出來之前，先說說笑：可能手民愛上了我，不捨得排錯；又有一個可能是神鬼怕惡人，不敢排錯。不知哪個理由比較入信。

事實當然不是這樣的，秘訣在一台七二年出廠的奧利縷蒂情人型打

字機。

這台手提打字機因為模樣兒設計特別，已被紐約現代美術館收為藏品。

文中一出現英文的時候，便用打字機將整句以大草打出來，然後小心剪出，用透明膠紙，黏在稿紙適當位置上。

手民一看，這麼整齊仔細的剪貼功夫！大樂，再也不會弄錯；所以，同他愛我恨我，根本沒有關係。

為甚麼這麼耐心？

呵，利己利人，何樂而不為，反正是做，不如做周到一點。再說，牽涉到生計，焉能不態度嚴肅。

寫稿根本是水磨功夫，好比綉花，瑣碎之極，無奈中，只好自得其樂。

字醜

字醜，一點辦法都沒有。

寫作人書法端正能有幾人，有一回無意中得到魯迅毛筆手稿影印本，狂喜，這樣好的字配這樣好的文章，相得益彰。

其實甚麼都不過是過自己一關最難，有時寫好信封，都忍不住搖搖頭，撕掉重寫一次，郵差先生沒有罪，不能用醜字懲罰他。

除出描紅簿，也沒有練過大字小字，到會考時，校長開明，特准用簽字筆寫中文，功德匪淺，感激至今，字體卻因此更壞。

寫稿時筆劃盡量做清楚，絕少用簡體字，當然也沒有草字，應該是最易看的原稿之一吧，可惜不計分。

看到好字，總會嘩一聲叫出來。

此人明明是醫生、律師、推銷員、工程人員……要那麼一手好字來幹甚麼，不如出讓給職業寫作人。

我輩開始撰稿之時，長輩已經歎為觀止：這種字，這種文法，這種題材，簡直世風日下。

到了今天，看到新派文字，也非常困惑，弱小心靈受到打擊：噫，到底怎麼一回事，文中英文字母似比中文多。

本名和筆名

實不相瞞，任公職之時，有段時期曾用大量筆名撰稿，一個先生一個令，皆因有位上司說「要升職就不要兼職」，沒法度，只得每篇小說換一個筆名。

講起來好笑，在此期間，告密者無數，統統跑到上級處，用紅筆圈住副刊上專欄，揚言「這便是她，這也是她，還有，電視台某某編劇也是她」，除了金庸，所有副刊作者，都受嫌疑。

一直擾攘到正式申請到兼職權。

用甚麼名字無妨，不讓我寫，那不行，一則生活費用成了問題，二則這是唯一真正有興趣的工作；一日不寫，惶惶然不可終日，或多或少，非寫上一兩頁紙，才能安心。

揚不揚名，立不立萬，當然重要，最要緊卻是有得寫，寫寫寫亂寫，你管我用啥子名字，總之非寫不可。

情況與自動用筆名不同，所以文責照負，並無推卸責任，友人曾笑說：「無論用甚麼筆名，一定認得出來。」

更好笑的是在恢復本名寫作時曾乘機搏亂，要求增加稿酬，被老總罵：「用筆名時沒扣過稿費，此刻焉有理由加？」

本名

中國作家開始用筆名寫文章，大概始於元明清時代，到民國後，使用筆名風氣仍盛。

彼時有人的筆名叫「活埋庵主人」，多麼矯情！

又有人叫「長安賣畫翁」、「不除庭草齋夫」、「窄而霉齋主人」，甚至「支那漢族黃中黃」、「黃帝子孫之嫡派許某某」等，今人看來，匪夷所思。

六十年代之後，很少文人用筆名了，多數真姓真名上陣，本名普通平凡一點，也不計較，反正一朵玫瑰，你叫它甚麼，它都一樣芬芳。

真姓名予讀者一種可親的感覺，賓主一下子打成一片，事半功倍。筆名取得好，容易讀，字面美，亦可給讀者一個深刻的印象。

可是抗拒吊兒郎當，過分瀟灑，莫名其妙的筆名如王小毛、劉歪歪、胡阿塗這些，誰敢用這種名字去見政府工？如不，又為何看輕寫作行業？

前輩在抗戰時幹地下工作，用一個筆名，叫朱血花，用滬語與普通話讀來，同本名發音十分相似，慷慨熱情，盡露無遺。

勝過「黃帝子孫黃中黃」一萬光年。

筆名

這些居然都是真的筆名。

周瘦鵑、張恨水、張枕綠、胡寄塵、俞天憤、江紅蕉、駱無涯、畢倚紅、姚鵷雛……

今時今日，看了只會駭笑。

無比做作，如此矯情，行嗎，假使文如其名，文字還看得下去否？

不知自幾時開始，人人都以真名示人，不再用筆名，反正一朵玫瑰，無論你叫它甚麼名字，它還是一朵玫瑰，陳大文、張家明，均無所謂啦。

一並連演員、歌手，統統不用藝名，都以真姓名上場。

即使用假名，也採取自然普通字樣，絕無可能叫還珠樓主、天虛我生，可見一時流行一樣，此一時也彼一時也。

如生在彼時，不知可否用九天玄女，或是天仙化人這樣的筆名來寫小說。

寫專欄則用才華蓋世齋主、所向無敵真人，讀者面前，盡情搞笑。

自謙的叫吳不肖，驕傲的叫吳天姿，多好，可惜在今日恐怕行不通。

名

手頭上有幾個好名字：廖紫珊、曹雨亭、黃筠堂、馮明珊、盧芝田、梁星垣、何沃生、劉渭川、馬應彪、招丙田。

統統真有其人，且屬男性所有。

劉胡蘭有故事、周璇有故事，雷鋒有故事。張恨水說故事，還珠樓主說故事，曹雪芹說得最好。

看名字就知道有故事，內地一個家庭只准養一名嬰兒，母親的姓，往往便是孩子的名字，熊倪，猜想便是這樣的組合。

從前華人認為最光彩的出路是讀好書去做官，參予文藝工作，簡直見不得光，藝人都改了藝名，免使親戚尷尬。

熱血青年，幹起革命來，也會改個名字，以致領導層裏不少人擁有一個以上的名字。

即使是假名、筆名、藝名，也有好不好聽。老舍與巴金名氣這樣大，名字卻不美。冰心、魯迅，也很普通，無名氏最古怪。金庸、古龍，都是配合小說形式而改的筆名吧。

作品特別就可以了。

掙扎着寫

要寫的話總還是抽得出時間精神。

首先要謝絕應酬，不論中午、晚上，都不可能外出花上三四個小時陪客吃飯，累得七葷八素，還怎樣寫？到底不比少年青年時精力無窮，若仍然喜歡寫，就得有所選擇。

然後，就不要再聽電話覆電郵，有甚麼非說不可的話呢，鈴聲一響，就跑去講個不休，又剝削工作時間。

此外，頻頻接受訪問，廣作宣傳，四處推銷，也極之擾亂心神，不宜常做。

寫得累了，立刻休息，第二天繼續。

如此寫作生涯，還有何人生樂趣？

所以呀，看你有多喜歡寫了，你若只喜歡做作家，而不喜歡寫作，悉聽尊便，這完全是一種選擇，不過，城市裏作家甚多，寫作人甚少，確是事實。

寫作需要極大力氣，意想不到吧，腦子只佔人體重百分之二，卻消耗百分之二十能量，疲倦之時一個字也寫不出，故此一定要貯藏精力。

說得像打仗一樣可是？但，如此認真，作品尚稀疏平常，嗚呼噫唏。

寫作

記者問寫作人：「倘若你不是一個成功的作家，你情願做甚麼？」他想一想回答：「做一個不成功的作家。」他堪稱熱愛寫作。

對於有些寫作人來說，不成名，即成仁，也有若干寫作人覺得喜歡寫有得寫，便是世間最佳樂趣，夫復何求。

小女一日問：「我可否承繼你的職業」，不可以，這不是一爿小店：母、女、孫均可一直延伸做下去，每個寫作人都需從頭開始獨立投稿。

而且，不要以寫作為職業了，讀建築系豈非更加輕鬆愉快，也是一門藝術。

女作家這三個字，嚇壞許多人，今日想起，都覺好笑，甚麼叫女作家？一個寫作為生的女子，無正常收入，無定時工作，多數吸煙，也許邋遢，最可怕的是，喜怒無常，且欠紀律。

很多時，寫作人不能應付龐大繁瑣日常生活開支，以致襤褸，一位行家說：「三日不寫，我怕餓飯，立刻坐到書桌前工作。」

真正的職業寫作人極之罕見，多數另有正職，業餘寫作。

趴地

一日，在廚房做清潔工作，老伴進門看見，大驚：「寫作人為甚麼跪着抹地，叫人來做好了。」

真是迂腐，家庭主婦，趴着抹地，天經地義，因答：「又不是跪向某政權，服侍某機構，奉承某要人，趴地有何不可。」

每次洗完，清潔溜溜，不知多愉快。

文字只為普羅讀者服務，更加高興。

有時看見一級優秀的文章原來兜來繞去只為政權塗脂抹粉，感覺難受：不用啦，政權大為進步開放，政權就差沒站出來認錯，不勞閣下越幫越忙。

文字一有任何動機就不好看，即受讀者遺棄，文字必須誠心誠意為讀者寫出，一旦捧這個踩那個，私心重重，又或利用文字歌功頌德，以圖功利，肯定挫敗。

文人膝下有黃金，不可隨意下跪，專欄作者不吃免費午餐，有甚麼事需要宣傳，大可付款刊登廣告，切忌行賄，或受賄。

近年因時機窘逼，環境複雜，各有所圖，法寶滿天飛，許多文字，都不是寫給讀者看的，讀者空前寂寞，不明作者趴着幹甚麼。

受氣

同文在生活中遭遇到氣事，情緒欠佳，寫不出稿，故佩服行家無論有甚麼事仍如常交稿云云。

永不脫稿的專欄作者是否統統懂得忍氣吞聲？不至於吧。

第一步，好好處理生活，工作如妨礙家庭，立刻轉工，家庭如阻延工作，即時設法解決，則皆大歡喜，和平共處。

與編輯部互相尊重，有話說在前頭，爭取充份瞭解及共識，則又何氣之有，凡事有商有量，合作愉快。

閒人來找麻煩，大可一笑置之，再無理取鬧挑釁，亦裝作看不見，則其怪自敗，又何用生氣。

心靜自然涼，大可專心寫稿，存稿如山，不虞脱稿。職業撰稿人，視寫稿如工作，不是功績，七情六慾及開門七件事，少提為佳，不應挪到專欄與讀者共享。

是否能受氣？成年人當然有一定涵養。有否特別受氣？並不見得，總算已經艱苦地賺得老總與老伴的尊重，可以過日子啦。

如何交稿不是學問，如何控制生活，才應好好學習，切莫白活。

報答

假如有一個人，自閣下十七歲開始，就不住提供經濟協助，上至學費，下至衣物，從不吝嗇，成年後，更兼負責生活費用，以及留學所需，稍後畢業，想要置業成家，他更義不容辭，伸手援助。

年紀稍長，要求煩繁，頭面首飾、交際開銷，他也一併包辦，還有，在交際場所，更給你身份榮譽地位，一直以來，即使略有不周到之處，亦隨即補足，這樣一個人，你應不應感激他？

如果衷心感謝，當然要感恩圖報。

我生命中的這個人，是我的寫作職業。

自可以看到的所有物質享受，以及看不到的自尊自信，均由寫作而來，鐵石心腸，也會軟化，怎麼可能脫稿！

唯一報答方式是盡量好好寫，天天寫，寫到沒有人要看為止。

少年時總是抱怨付出多，回報少，後來漸漸明白，這是勞方正常反應，無論幹哪一個行業，必然有類此牢騷，稍後，便瞭解到，一個人，不住把他的夢想寫出來，居然有酬勞可收，是何等幸運之事。

珍惜

越發珍惜手上工作。

每早起來有個目標，與社會仍有一點接觸，消遣了時間，精神得以抒洩，做完痛快地逛街去。

適量工作維持一個人的尊嚴，見過不少退休人士開始小事化大，大事化無，十分無聊，時間空間都有點混淆，無故在不應當出現的地方說不該說的話，想必是時間多過頭的緣故。

故此退休人士時興寫作，寶貴經驗供他人參考，清晨或下午，甚至深夜，一紙一筆陪伴，不致寂寞。

作者默默地寫，讀者靜靜地看，不亦樂乎。

啊，還有一樣：有收入的感覺極佳，「不要緊，我這裏有」，立刻掏腰包，十元八塊，難不倒我，多麼爽脆。

一旦退休，可能要備一隻粉盒：在人家結賬時急急取出撲鼻子了。

擁有讀者，也不是人人可以享受得到的樂趣，相處多年，承蒙錯愛，每日如與老朋友相聚，如此緣份，應當珍惜，寫到今日，時移世易，多少人與事改變，你我仍藉專欄傳遞訊息，難能可貴。

我真是一個幸運的人，想到這裏，面孔發燒。

這條路好走嗎，坦白告訴你，女子寫作，在商業社會，曾經被視作笑話。

繆斯呼召

英女作家伊莉沙伯史麥這樣形容：「當靈感女神呼召男作家，他立即高聲答允：『我馬上來，我這就跟你走！』但是當繆斯探訪女作家，她不是在照顧孩子就是打理家務，幼兒哭鬧與吸塵機軋軋，她沒聽見繆斯的聲音。」

講的也真是。一日，坐在寫字枱前，彷彿略有感應，不禁高興，正想動筆，忽然有急電至：「我找不到那篇 Macroeconomics 功課，不知是否在家，請速代找——」

忽然濁氣上湧，炸起來：「我不知道你的功課，我從未見過，也不想認識它，你的東西你若不見，請當它們永久消失，我沒有時間替你找，也不打算替你找！」

這次之後，騷擾略少，但是總還有按鈴的郵差，促銷的電郵，以及「晚上吃甚麼」之困擾。

一直想置一個工作坊，每天早上或下午，換好上班服，走出去，在該處寫作，寫完回家，似上班那樣。

不過最近讀西方婦女雜誌，見在家工作的年輕母親，都把幼兒抱膝上，一邊打電腦，一邊哄他們安靜，一眼關七。

震撼感

人家説禿筆，是謙虛之詞，我説我是禿筆，那可千真萬確。

一遇急事，甚麼都寫不出來，坐在寫字枱前，看着窗外發獃，思維亂成一片，無法將事件整理組合，用文字表達出來。

所以永遠不能夠即時表態，因為心緒呆木，不知説甚麼才好，總要待三五七個月之後，震央到了心裏，才開始憤怒，然後再隔一段日子，怒氣化為悲哀與感慨，才開始可以寫出來。

但，文字亦不及心中感受十分一。

俗語說的非筆墨可以形容，大抵就是這個意思。

親友故世，尤其不能即時在報上悼念，生與死均係私隱中私隱，如何誇誇而談？禿筆困惑了，總要在多年之後，哀痛淡卻，化為懷念之際，才能略說一兩句，才情有限，可見一斑。

對於生活中至大的賞心樂事，也持同一態度，怎麼說呢，快樂滿足得叫人流淚的事，如何公諸於世呢？

都講不出來，故此只得說些處世經驗、人情冷暖、文壇秘史。

一點震撼感都沒有。

至佳逃避

喜歡寫小說，其中一個原因，是如意。

該怎麼發展，就怎麼發展，想主角說甚麼，他們就說甚麼，愉快、爽朗，從頭帶到尾，沒有阻滯。

現實世界中，不如意事常八九，不論是何種人際關係，總是付出多，報酬少，對方也那麼想吧，故此絲毫不肯遷就。

無論是父子、伴侶、朋友，總是不歡而散的機會多，我只能做到那樣，他卻認為遠遠不夠，故不得不一拍兩散。

寫小說就順利，每個人都深明大理，即使有甚麼誤會，終場之前亦必定冰釋，如不，也盪氣迴腸，決不如現實生活那麼腌臢。

於是沉迷寫作，對日常生活益發厭倦，不是想控制別人的言語舉止思維，只是希望互相諒解體貼，可是親若母女，我媽從不聽我，我亦不甚瞭解我女，你說，哪個世界愉快些。

跑進故事範圍，即時信心十足，完全知道該怎麼說，怎麼做，稱心如意，不受客觀條件及命運控制，所寫一切，也有讀者表示欣賞。

漸漸不肯從工作間出來，不願接觸現實繁瑣事，寫作真是至佳逃避。

交稿

導演催促多月，編劇甲終於答應交稿，取稿的人前來敲門，他打開大門，交一個盒子給來人，那夥計回到公司交貨，導演拆開盒子一看，盒內不是劇本，是隻蛋糕。

又編劇乙約了導演在茶座見面，聲明一手交劇本，一手收稿酬，他取過導演的支票，忽說劇本尚在車內，馬上去取，十分鐘即回，可是這一去，宛如黃鶴，導演再也沒有見過他。

這樣的故事叫人嘖嘖稱奇：交稿，對於職業作者來說，應該不是難事，有朝一日，寫不出了，應當收筆，為何還不停接下合約？

又交不出稿，怎麼可以收人家茶禮？這同《警訊》裏邊騙子行為有甚麼分別？

出版社也有同樣遭遇，預支版稅，不成問題，三年交不出原稿，也不成問題，可是他老人家大作突然面世，卻賣到另一家書店去了。

誰還敢說社會不愛才，不但文章值錢，還沒寫出來的文章已經可以支稿費，事後奸商們居然也都忍聲吞氣，不了了之。

羨煞旁人。

文字

同文寫當年他做英文台記者，上司同他說：「但凡屍體，統統已經死去，不必寫『死去的屍體』。」

讀海外版中文報新聞，也時時遇到這種趣事。

——森遜無罪釋放，不服氣的群眾在一旁喊叫：「謀殺者，謀殺者。」

半晌，讀者才恍然大悟，原來翻譯員想說的是殺人兇手，應譯做「兇手！兇手！」

又常常用犧牲者三字，這是誰呀？原來是受害人，可見都是新入行。

又「其他的婦女」，原文是指第三者，另外一個女人。

在新聞處寫過七八年譯文，一般性新聞及專用名詞自然不覺困難，最慘是應付長篇大論一氣呵成不知在何處才可切斷的英文句子。

《時代週刊》最犯這毛病，一大段只得一個真動詞，一切短句自該處衍生，真是最壞的英文。

世上所有優秀文字，都是簡潔通順易讀的，然後，如果還有意境、美感，則可成為文藝作品，不然，你以為「床前明月光」是怎麼樣受的歡迎。

練習中也可以得到進步，成疊筆記寫得熟能生巧，則大功告成。

一二三頁

長篇小說寫到一二三頁，可略鬆一口氣。

差不多已完成一半，該出來的人，統統已經出來，該說的話，也說得差不多，該發生的事，亦發生得七七八八，即使再有周轉折疊，也不會影響整個故事發展，是以可致力細節。

每個故事都有第一二三頁，每寫到此頁，總會微笑，噫，每天三千字，又寫了二十多天了，每週工作五天，一個多月又過去矣。

就這樣，從一個故事到另一個故事，自一個一二三頁到另外一個一二三頁，不知不覺度過數十個寒暑。

年月日無甚意義，最擅長計算副刊上小說連載的長度，一定要預早交稿，提前計劃，比過年過節重要得多。

無論存稿多麼豐富，總有一日會得刊畢，還是得不停地繼續地寫。

提筆寫第一頁之際往往忍不住駭笑，天，愚公移山不過如此，一字一字做，真的寫得完這一篇嗎？在寫作期間，甚麼都可以發生：親人逝世、孩子出生、舉家移民……所以每個故事後邊，還有作者本人的故事，唏，如此寫作歲月。

寫作噩夢

作者的噩夢，不是不想寫，寫不出，寫得不好，久不成名，稿費不加等等。

寫作人的噩夢，是遺失稿件。想起來都發抖。許多作者都說，情願不見錢，因不用重寫，而稿件失蹤，必須捱更抵夜補出來。可怕可怕，苦惱苦惱。

故此，一定要把原稿視作天字第一號重要文件。身份證護照尚可報失、補領，小小費時失事而已，原稿有甚麼閃失，無論小說雜文，損失都太過慘重。

所以底稿要鎖在抽屜裏珍藏，交出去的統統是副本。收不到？不要緊，再印一份，原稿最好保存到出書為止。

經驗老到，不怕一萬，只怕萬一，永遠不與機會率賭博，小心駛得萬年船，杜絕意外。

天一下雨，所有攝影師必定先設法遮住生財工具照相機，人做了落湯雞倒無所謂，這種精神，值得敬佩學習。

吾愛吾稿，也幾乎達到同一程度，不顧一切，護稿為上，所有事情當中，寫稿排先。

聽到同文迷失稿件案子，代他心痛，代他震驚，代他惱怒，這種事情，一生發生一次，已經太多。

噩夢

至常做的夢：頭髮一把一把那樣掉下來，牙齒忽然之間齊齊脫落，置身懸崖不得不跳下，還有，坐在試場裏看不懂試卷。

都還不算可怕。

最叫寫作人受不了的噩夢，是打開慣寫的雜誌，長篇小說忽然斷稿。

汗流浹背，迷糊中忙撥電話給老總查根問底，得到的是冷冷兼不屑的答覆：續稿未到，自然斷稿。

此驚非同小可，馬上自夢中躍起。

痛苦徬徨的感覺卻一整夜彌留。

這樣缺乏安全感，只得預早多寫，為求自保，免得情緒不安。

寫長篇的壓力往往大一點，希望可以一鼓作氣從頭帶到尾，其間不接其他工作。

不寫畢全篇不交出去，脫稿噩夢漸漸不復再現，以後可以專心地在夢中被豺狼虎豹追逐，或是衣冠不整地滿街遊蕩。

年幼無知，也曾自命逍遙派，一日捕魚，十日曬網，待發覺該路不通，幸虧尚有時間，統統還來得及改過來。

恕不商量

據報道説，美國有作家願意特地為讀者寫他們的愛情故事，筆法動人，收費相廉，自然大大誇張及美化了事實。

作者們時常聽見編輯與讀者要求：「寫一個喜劇」、「最好大團圓結局」、「過程可否浪漫一些」……

你有沒有試過徇眾要求，盡力而為？

我從來沒有，也不打算那樣做。

人物再蹩腳，情節再勉強，也一直是自願寫的故事，與人無尤。

所以劇本難寫，因為參加意見的人實在太多。

那麼，在他人要求，以及自己想寫的故事之間找個平衡，也就是生活了。

沒有幾個人可以一意孤行吧。

生活中即使吃頓飯，也還是有商有量的人可愛。沒有法國菜吃上海菜，否則，日本魚生也可，外頭不行，到府上好了，沒關係沒關係，星期六中午改星期一晚上……面目全非。

遷就得多了，性格模糊。

但是，寫作這回事，故事必須是我的故事，沒有商量餘地。

說話難

可以說完全不同行家來往。

理由充份：已經做着一份這樣悶的工作，下了班，收起筆紙，又再見同一行業的人，說着行內的事，慘過結婚。

不如與其他各行各業的友人吃吃飯喝喝茶，增廣見聞，他們的苦與樂，到底新鮮些。

還有一個尷尬之處，就是同行之間，說話極難。

講甚麼好？

書本的銷路、題材的走向、讀者的趣味、文字的優劣、稿酬的高低？

成績已經統統擺在那裏，路人皆見，所差的只是認同與不認同，沒有甚麼好說的。

互相恭維？省省吧，成年人對自身的業績心知肚明。唇槍舌劍？那麼空，不如到電台電視台找個節目做，許還會一鳴驚人。

置身本行又有一段日子了，頗知道其中酸甜苦辣。清心直說，只怕弟弟妹妹們誤會此人獨愛潑冷水；聽到假內行大放厥詞，又不好點破，怕萬一壞了人衣食，被人追斬。

不來往最好。

贈閱

關於贈閱，一貫態度如下：（一）恕不贈閱，（二）不好看的書，贈也不閱，（三）好看的書，自然會買，買不到，才要求贈閱。

有些人跑進寫作人家裏，一看，嘩，一百多種作品，每種十來本，加一起，千多二千本，成行成市，不順手牽幾本走，簡直看不起原作者，為了聊表敬意，每種拿它三兩本，贈予親友，有助推廣宣傳，否則，亦可墊煲底，何樂而不為。

不告而取，你拿幾本，他拿幾本，最慘的是，書種多，有些被一取而空，卻不知道是哪一本，又沒時間過幾個月依照目錄對算一次，日子一久，單行本便湊不成一套。

書價平廉，不算甚麼，叫出版社送書，卻是極之麻煩的一件事，勞駕人家次數太多，想必惹人憎厭，作者手無縛雞之力，更不會去揹、抬、挑。

故此從不在他人書架上擅取圖書，要看，去書局報攤自行購買。既不索閱，當然亦不勸閱，書已經寫了在那裏，要看請看，不看拉倒，不愛看，大可看別的，無謂介紹推薦，自吹吹人。

麻木

有人以為出書次數多了會得麻木，其實是不十分正確的觀念，除非是性格特殊高超的人物，一般人對於某些人與事的感覺永遠不會麻木，永遠新鮮，永遠歡愉，或是刺痛。

像橫遭侮辱，恐怕無人會習慣麻木，只不過有人當場發作，情願拂袖而去，去更下等的地方亦在所不計，必須即時出盡一口烏氣。

但亦有人選擇緘默忍耐，騰出時間籌備更好的去處，才靜靜離開。

像中彩金，年年十次，連中十年大概也不會厭倦，只是我們從來不知道每星期兩次的大獎由誰捧了回家，這些幸運的人，發財後立刻變為一個個無名氏，他們不見得麻木不仁，只是不方便張揚。

每個人表達感情的方式不一樣。

寫作人看到書整整齊齊出版，扉頁上印着自家的姓同名，怎麼會不高興？出到一千本也不會介意，只是有些人筆拙，半晌不知如何演繹這種特殊感覺。因為太喜歡，於是提起筆來，忍不住再寫一本。

麻木？永不。

麻木就不寫了。

奇書

有人千方百計要消滅對頭，叫人寫了一本書，這本書，因為寫得太好了，竟被用來做復仇的工具，書頁每個角落用毒藥黏住，才奉獻給仇家，仇家看得愛不釋手，頁數翻之不開，便沾了唾沫去掀，結果中毒而死。

是本甚麼樣的書！

叫讀者挑燈夜戰，不顧一切的追讀下去，不禁笑問：要收甚麼樣的稿酬他才會寫第二本？

後人也頗知道這本書叫甚麼，也想辦法弄來看了。少年時讀坊間潔本删本，漸漸有辦法，也看過多個原裝版本，總覺過譽；精彩地方不是沒有，卻未能勝紅樓水滸，大概要非常好彼道人士，才會拍案叫絕。

是開頭那個詭秘殘酷挖空心思的復仇傳奇增加這本書的名氣，以訛傳訛，抑或真有其事，已不可考，然後人念念不忘，一讀為快，是以該書得以流傳。

誰說宣傳不重要。

開頭許是靠口碑已經相當轟動，後來給它一條誨淫誨盜的罪名，雖然不禁也删得七零八落，越不准看越要看，簡直非看不可了，人人都看。

摩登管理科學領導下的出版社也許要自歎弗如，不過話說回來，同類型書，的確以它最為精彩。

幻想

凱芙琳端納在未曾大紅時主演過一連串冒險獵奇電影，她扮演女作家鍾懷德，專寫衞斯理那樣的刺激故事。

她去到阿瑪遜流域，一百枝鎗指住她，受毒蜘蛛、鱷魚圍攻，忽然之間，土人認出她：「你是鍾懷德？女作家鍾懷德？嘩，我是你的忠誠讀者，你的每一本書我都看過，真沒想到你會蒞臨此地，太高興了。」

由她的讀者救她安全脱險，簡直是每一個作者的夢想，最最不毛之地也有癡心擁蠆，不是有看無類，逢書必看的讀者，而是情有獨鍾，獨沽一味的讀者。

她住在大都會一層公寓內寫作，生活本來枯燥寂寞苦悶，偶然的機會帶她到蠻荒，結識印第安那鍾斯博士那樣的英雄。

他送漂亮的衣裳給她，教她跳倫巴舞，帶她去尋找寶藏，觸發她埋在心底的一絲生機，最後，他置了一條機帆船，用拖車駛到她紐約的家門，接了她，一同駛往夕陽彼端。

可能嗎？會有這樣的遭遇嗎？編劇自慰慰人，幽默起來，才寫出這樣的童話。

現實生活裏，寫作人所遇到的，不外是追稿的編輯、精明的出版商，以及各自修行的同文。

還有，交不完的稿。

文思

英國詩人柯羅列治，有天下午吸了點鴉片，睡着了，三小時後醒來，腦海裏好像有了兩三百行詩句，於是立刻開始寫那首氣勢磅礴的《忽必烈汗》。

寫到第五十四行時，一位客人來訪，打斷靈感，客人告辭後，他再提起筆來，但詩句似溪水上的影像般消失，作品就此結束。

這是很誇張的例子，但相信不少作者都遭遇過文思中斷的痛苦。

主要原因是時間分配問題。

有時候身不由主被逼分心要去做別的兼職，心中一有旁騖，煩躁不安，再匀出時間執筆，已經完全不是那回事。

這絕非人笨而埋怨刀鈍，寫作首要條件是坐下來，寫。

作者如俗務纏身，四出奔走，大約不會有可能生產比較完整的作品。

雖說寫不出的時候，拿太和殿作書房也同樣一籌莫展。

但心情肯定好過屈居陋室而題材乾涸，環境何嘗不重要。文思需要許多奢侈條件培養。

所以，能夠一口氣寫完十二萬字小說，確是幸福痛快，已經是一種享受。

夫復何求。

突破

到了這種時候，最怕人家問「有甚麼突破」。

怎麼破。

做事當然比較過去更加用功，亦比從前更為謹慎，但一直做不到突破這兩個字。寫稿就是寫稿，出書就是出書，如何作驚世駭俗式的轉變？沒有可能，也無此必要。

純私人意見認為小說主角的心理狀況比生理狀況更為重要，故此他們不大有明顯的親熱場面，這方面，不想突破。

又慣寫商業都會中年輕男女工作或感情上的遭遇，無意跑到木屋區去揭發社會陰暗的一面。太陽底下的事與人也有值得書寫的價值，何苦認為蛇蟲鼠蟻更為寶貴？

一向用讀者不費勁也可以看得懂的文字，既然能寫有人看得懂的東西，何必去寫沒人看得懂的東西，才不突破。

某次試寫偵探小說，頓被編輯嚴重警告，不准突破。又有一次，想命小冊子為《哀樂中年》，又受出版社勸喻，為勢所逼，為經濟大局設想，不敢突破。

鬼不知《戰爭與和平》偉大，天份所限，一世無希望，不必自欺欺人，妄想突破。故此看樣子終身只得盡其本步而遊於自得之場，不亦樂乎。

巨著

奇是奇在甚至連一些資深寫作人都誤會小說一長，字數一多，就是文藝巨著。

拜讀之餘，只覺文字嚕囌、情節沉悶、佈局普通、人物平凡，綜合所有，亦未能反映時代社會之大風大浪大變。

唯一特色是長。

還有，原著人堅信長即是好，其他一概不理，真是為有心無才能作現身說法。

每個人的家都有幾段故事，值不值得寫，真係見仁見智，阿爺把他一生告訴阿爸，阿爸又把一生告訴我，可是我的讀者會不會有興趣？我的阿嬤的阿姨的表嬸的奶媽的表姐的喜怒哀樂寫出來之後假如可以傳世，倪匡同我早就搶着來寫，打崩了頭。

小說是創作，融入作者的生活經驗及觀點當然有效，可不是平鋪直敍的記述。

從七十年前說到如今，希望是歷史大事，動人心弦，盪氣迴腸，而不是沒完沒了，婆婆媽媽的流水帳。

寫到這裏，擱下筆，連忙去讀《鹿鼎記》。

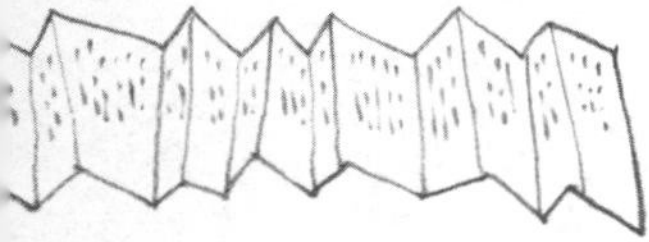

哭

電視劇中，女作家因寫不出，夜半伏在床上痛哭。

哭？

也許這是人家寫得好的原因。

但是卻一直認為人應該選一份合理地愉快的工作。

做得愉快，即表示勝任，沒有困難，才能逐漸進步，一上來就覺舉步艱難，甚至痛苦，那，還是轉行的好。

讀書、戀愛、工作，都不是幹革命或是纏足吧，眼淚流得多，不一

定有幫助。

認識的成功作家實在不少，從來沒聽倪匡或西西說他們寫得哭出來。

寫作同其他工作一樣，不宜愛理不理，嘻皮笑臉地幹，我們要敬業樂業。

卻也不必為之落淚，寫，不停地寫，切忌有名與利的包袱，愛怎麼寫就怎麼寫，愛寫甚麼題材就拿它來發揮。

不要解釋，也不要抱怨，喜歡寫，寫得出來，就已經得到報酬。

只有患得患失的人才會哭，但是文藝創作是困苦的事業，要哭，真能哭成一條河。

可怕的信

寫作人時常會收到一種信。

這種信內容大意如下：「我們代表某機構，打算出一本雜文選，現在，看中了你，叫你提供十篇近作，每篇不得超過一千字，限某月某日前連同近照、履歷一齊寄來某地，出書後會送一本給你作為紀念。」

真是最可怕的勒索信。

這本書幾時出版、售價若干、利潤如何、版稅怎樣分帳……一字不提，其餘作者有些甚麼人，也一無所知，反正，點中了你，是你福氣，趕快交稿。

一年起碼收七八封類此信件，有些，還指明要某種題材：「對兒童德育的觀感」、「對婦女地位的前瞻」……像上作文課。

會不會真有交稿的人，不得而知。

很多時候，他們乾脆自說自話，大剪兇悍地一揮，把報上各專欄剪存百餘篇，也不用徵求原著人同意，書已經印出來。

受害人大表震驚，採取法律行動之際，還被抱怨為沒人情味。

真是無法無天，這確係一個奇怪的行業，真不知如何會做了那麼久。

租書

某同文悲天憫人，覺得一個寫作人的書，一元五角那般由書檔租出去給讀者看，是一種淪落，他深深表示同情。

真是觀點角度問題。

自幼我愛看小説，卻未有購買能力，一直與租書檔打交道，一角錢租一本看一天，我對作者如金庸絲毫沒有不敬，就是那樣，看遍整套《射鵰》、《神鵰》，至今認為租書檔是個德政。

成年後從事寫作，賺得生活之後，只希望擁有大量讀者，越多越好，男女老幼不拘，一個寫作人，最怕沒有著作，二怕著作無人閱讀。

你肯看，不要說是租給你，送給你都行。

我們看到金著印刷精美，厚厚一本只售數十元，便笑曰，真是頂爛市，成本價都不夠，分明是益讀者，半賣半送，讀者已經遍全球，還要爭取讀者！

可見在這方面，寫作人永遠是貪得無厭的。

看到公共圖書館中收有拙作，歡欣莫名，借出的次數多嗎？希望沒坐冷板櫈。

你那麼希罕版稅？我漸漸也希望拙作有讀者，讀者不分貴賤。

痛苦

幼時，小弟厭惡作文，打開《兒童樂園》便抄，一邊害怕會遭告發，心驚膽顫；一面又無可奈何，抄總比動腦筋容易。

抄襲者的心理，一般如此。

年前，某同文曾懷疑《衞斯理傳奇》源自一系列英文小說。只得告訴他，大作家的英語程度尚未達到那個水準，百分之一百純屬創作。

創作最有趣的一部份，便是胡天野地憑想像構思故事情節人物。不是不屑抄襲，而是不肯放棄亂想的享受；倘若覺得幻想無益，誠屬痛苦，那麼，不如轉行。

不時發覺有人成段成段、成篇成篇地抄襲他人作品，反而替模做者不值。

身為寫作人，受才華所限，不能超越自身上一部作品，精神已經足夠困擾。

搞到靠抄襲他作維持生活，且長期如此，晚上不知怎樣入睡？

越抄越懶，越懶越抄，如何建立個人風格？

惡性循環，只得繼續淪落，作為次貨，學得再像，也不能打正招牌，太不值得。

世上並無輕鬆的職業，寫作肯定辛苦；但抄襲簡直痛苦。

成長

願意說是跟《明報》副刊長大，少年時讀副刊，青年時寫副刊，可是在這之前，還有童年，編輯要求寫一篇回憶，不禁沉吟。一向欠缺急智，習慣不回頭看，終於沒有刻意騰出時間趕稿。

在殖民地長大的人少不免崇洋，至今覺得往外國讀書在外國居住增廣見聞有益心身，十三年官立學校教育的好處是學會聽、寫、講英語，終身受用。

不大長進的我喜聽歐西流行歌曲，看荷里活電影，讀美國時裝雜誌。

老匡的影響至大，由他把魯迅著作帶回家來，是他先加入文娛界，大家去看《獨臂刀》，因為那是他寫的劇本。

多元化社會優點是多選擇，入行之後，一直經濟獨立，大概稿費一向不低，蒙眾編輯厚愛，今日想起，才知汗顏。

在別的事上非常托大，可是對寫作的機會卻十分謹慎把握，心知幸運，一邊寫一邊感恩，一千零一夜說故事生涯，沒有浪費過一天，幸保頭顱不失。

一個非常平凡普通乏善足陳的成長過程，不足寫五百字，這才是交不到特稿的原因吧。

甚麼都寫

年輕的時候，甚麼都寫：怎麼樣同一個人交惡，又怎麼樣重修舊好，同誰逛了街看了電影，至親友好近日行蹤，旅遊記趣，江湖恩怨，感情上得與失，工作上功與過，緊張得不得了，都一一向讀者報告。

奇是奇在讀者最愛看這些。

寫得淡，扯得遠，比較抽離，就難得人心。

都有窺秘狂？

想保留私隱，也不是難事，堅持把窗簾拉密一點即可。

留個餘地嘛，作者與讀者貼得太緊，難以透氣，套句俗話：豈能盡如人意。

各人選擇不同，有些作者長期表演七情六慾，他的喜樂、自得、驕傲、怨懟、嫉妒、恨惡、失意，統統生動地躍於紙上，讀了之後，只覺驚心動魄，真正難得：我手寫我心，無不可告人之事。

這樣大的勇氣，如此赤裸奉獻，難怪都說精彩。

見讀者接受，越發興致勃勃，更加絲絲入扣，搜刮情緒，娓娓道出。

每個專欄作者，大抵都經過這一個階段，後來可能就覺得要改一改格式，漸漸收斂。

生活是生活，工作是工作。

致富？

一日，翻開副刊，突見題目云：「寫作致富方法」，頓時眼前一亮。

自稱作家已有頗長一段日子，又是見錢開眼一號人物，看到這種有貼身利害的標題，當然醒神。

全神貫注拜讀之餘，卻大失所望，巴不得把作者拖出來毒打一頓。

原來他說的致富之道有二：一、起碼向報館要兩元一個字的稿酬，二、叫出版社每種圖書印一萬冊。

兄弟，開價誰不會，百元一個字都有人叫過，可惜老闆當伊患精神病，沒聲價叫伊走路，還有，出版社多奸商，印數多寡，看有無發行商包銷，書一出來，有分銷商承包，才決定印數，怎會印幾萬本堆在倉庫裏慢慢賣幾年。

這種天真活潑可愛的外行致富之道，看了叫人眼怨。

寫作怎麼會致富？夠合理生活已經很好，寫作目的也並非發財，能夠自由發表暢所欲言是最大報酬。

希望下一次，專家能告訴我們，怎樣問編輯部要更高價，或是如何爭取更多讀者，甚至是推廣、籠絡之術，那才比較有幫助。

生活經驗

寫起故事來，資料搜集佔相當重要地位，作者不可能先瞭解世上一切事物才動筆寫小説，寫乞丐難道真的去討飯一段日子乎。

可是你我不是每天在生活中不斷做資料搜集嗎？生活經驗才是最大的資料庫。

臨急抱佛腳式找回來的資料，無論多大疊多詳細，很難融入故事內完美結合得天衣無縫，最常見現象，便是資料歸資料，故事歸故事，不搭腔，異常生硬。

一個寫作人需要生活，象牙塔內無景可觀，人情世故若一竅不通，如何寫得好故事，讀萬卷書，行萬里路，均屬生活經驗。

又云，人情練達即文章，閉門造車，與現實脫節，三五十萬字之後，必然技窮。

C先生說的：一個故事必須先感動作者本人，那麼，或許讀者也會感動。寫作依賴極之真摯的感情，而不是一個個巧妙堆砌的故事。

歷年來文學作家都不明這個道理，那樣斯文有禮，怎麼做一個說故事的人？不動真情，如何表現？

夾份寫

據說內地流行這樣寫小說：一個題材，一個篇名，由十個作者齊齊寫，你寫十天，他寫十天，輪流上，可是人物劇情對白都得接得上。

換言之，是集體創作。

一聽大家玩便生厭，每個作者風格趣味背景學養及人生觀全然不同，如何共寫一本小說？真正匪夷所思。

若想給讀者新鮮感，大可另闢題材，或大膽創新，甚至改變作風，不必十人共寫一部小說吧。也曾見過十名畫家共繪的作品，梅蘭菊竹均出自不同手筆，非常有趣，根本不能算是一幅畫，只能叫做簽名留念。

多名作者合作出書亦屬奇觀，到底版權屬於誰，再版又如何分賬，暢銷是誰功勞，滯銷又是誰之過錯？

創作是極之私隱的一件事，關上門，伏書桌上，該怎麼做，有時連筆者也不能控制；思潮去到何處，並非一件與任何人有商有量之事。

炒雜碎或者好玩有趣，甚至短時期內可能討好，但是，不是長遠道理。

編者的主意別越出越多才好。

弄巧反拙

為何極少在專欄中提到拙作？不行的。

一則編輯部一早有指引，最好不要自吹吹人，到了哪個山頭，唱哪裏的山歌，不必為這種小事挑戰編輯部的涵養工夫。

二則一直認為宣傳推廣絕對是出版社的專業責任，我等作者最宜專心寫稿，胡亂插手，弄巧反拙。

第三，寫作的日子比較長，一直以來，寫得也比較多，每本小書推介三天，一年三百六十五日，讀者都可能看不到別的題目。

怎麼介紹？索性由得他去。

對於作者本人來説，作品當然部部都好，好好好，好得不得了，好得空前絕後，好到全人類要站起來鼓掌致敬，好到老總行家讀者均要刮目相看，不在話下。

自我推介起來，當然是好話説盡，千篇一律，簡直乾脆可以影印一份，改一改書名，送到報館即可。

成年累月交這種專欄稿，編輯肯定冷笑道：「您老還是提早休息吧」，專欄都沒有了，如何結集成書？對專業寫作人來講，專欄是專欄，單行本是單行本。

天份

寫作是否全靠天份？

是，所謂天份，包括下述各項：讀萬卷書、行萬里路、好奇的性格，觀察入微的眼光，細膩的感情。

還有，天生喜歡寫，不問酬勞，覺得能夠把心事寫出來已經夠開心。

熱愛人生，卻不自戀，對四周圍人與事有興趣，喜鑽研真相……

如果這些都是天份的話，那麼，寫作的確靠天份。

世上哪有一生下來就會寫作的天才，都靠慢慢操練，漸漸一支筆寫得順了，加上經驗、學識、文字修養，文字便好看起來。

所謂沒有天份，便是性格固執，自以為是，固步自封，不思上進。還有一種人，過份自戀，天天寫自己，兜兜轉轉，不外是自身多可愛多純潔，對世上一切，均不屑一提，這便是沒有天份的寫作人。

寫作靠天份？是，努力好學，也是天份，喜愛創作也是天份。

四大類

自古至今，讀者所愛看的小說題材，大約可分四類。

愛情小說，層次最高的是《紅樓夢》。

武俠小說，最佳例子是《水滸傳》。

神怪小說，像《聊齋》、《封神榜》、《西遊記》。

推理小說，有著名的《包公探案》及《施公探案》。

數百年來，每一個朝代的寫作人都嘗試以不同的手法重新包裝這四類小說，有些人寫得好，有些人寫得壞。

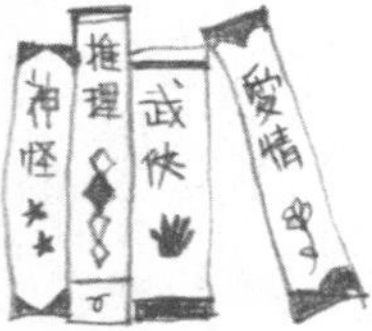

不過到今天為止，讀者所愛看的，仍然是這四大類。下次看到書攤上的鬼故事，也許不必皺眉頭。《聊齋》是文學著作。不應相提並論？可見是功力高下問題，與題材無關。

一百零八條好漢其實統統是強盜，殺聲震天，暴力無比，動輒殺人放火，卻偏偏好看得要死。

林黛玉這種頹廢少女不事生產，頻頻呻吟，絕非模範少年，簡直對年輕讀者有不良影響，女主角塑造成這個模式，意識不明；為甚麼好看？皆因筆法高超。

還有，你信不信悟空真能七十二變，包拯查案時橫跨陰陽二界？其實都怪誕不經。

與《大學》、《中庸》競爭下，這些劇情豐富，想像無窮小說也生存下來了，至今尚在娛樂讀者。

大綱

小朋友動筆寫長篇，說及他的故事大綱：「一個家庭，媽媽同兩個女兒，大女做演員，小女是大學生……」

讀者已經想打呵欠，為禮貌起見，強忍住問：「打算寫多少字？」

若拖個十來萬字，不悶死才怪。

變來變去，不外是呵家道中落了，呵大女要搞救亡工作了，呵她犧牲了自己，但是母親與妹妹卻不諒解，呵情人變了心，呵她發奮向上，終於，碰到了瞭解她的男伴……

即使文筆非常動人，文字異常清新，感情十分真摯，亦不吸引。

那個家，同讀者的家，或是讀者親戚的家人，太過類似，已完全失去新鮮感。

早四分一世紀或許，廿多年前，真是甚麼都賣得出去的黃金時代，群眾對小說、電影、報紙雜誌甚至政府的要求都不高。

於是建議，「配一件大事做背景吧。」

甚麼事？看個人興趣及功力了，上至辛亥革命，下至九龍城寨拆卸，均可。

這當然是愚見。

小朋友可能嗤之以鼻。

問題

小朋友最歡喜問：寫雜文難還是寫小說難？

好比問，賺美鈔難還是賺港幣難。

或是做主婦難還是做職業女性難。

要做得好，都難啊。

要是雜文比小說容易，相信除出少數為國為民的作者，大夥兒一定全部專職猛攻散文。

要是小說比雜文容易，大概報端再也不見每日一題。

都不好做，都叫作者胃裏冒泡，背脊發癢，坐立不安，無病呻吟。

又好比問歌手：唱慢歌易還是快歌易。

或是問闊太太：逛街舒服抑或打牌舒服。都是沒有答案的問題。

有些作者極少極少寫散文，有些則靠散文成名。有些本來以雜文為主，日久轉軚，改寫小說，也有人兩樣一起寫，盼獲得調劑。

原因並不是哪一樣比較容易寫，而一定是哪一樣比較喜歡寫。

招牌造出來以後，也會被定型，要改變形象，頗傷腦筋，需要費一段時間創新門戶。

對了，到底國畫與西洋畫，哪一種容易？

容易

小朋友表示雜文真不好寫，「我要寫小說了，」他宣佈，「容易得多，到底有對白可以佔住篇幅。」

講得好像小說中對白可以自別人書上剪下貼到自己稿上去那麼輕鬆。

不過，也不算不對，如果對白只是「你愛我嗎」，「我愛」，「你愛馬利多還是愛我多」，「兩個一樣多」，「我不管」，「別生氣」，那還真的容易。

看怎麼樣寫罷了。

對白如不能推進故事情節，還是不說的好，讀者曾經取笑有些文藝小說中的對白，簡直不是人說的話，可見要求是不低的。

「我冷」，「給你披我的外套」，「我們一齊去看雨」，「呵你多麼浪漫」，這種廢話，今時今日，大抵不會過得了讀者這一關，平常人平常不說的話，憑甚麼硬叫小說中主角一天說到晚呢。

用對白佔篇幅實不易為，一句半句好話，很可能要思索半日。

文藝工作的精粹，是要在苦練之後在表演該剎那顯得揮灑自如不費吹灰之力。

不准當眾流汗。

小朋友許因而誤會了。

偏鋒

前輩的金科玉律：「有些人喜歡走偏鋒，迷信變格，以為嘩眾永遠可以取寵，然而實踐證明，偏鋒可走而不能常走，變格可創而不能濫創，立意貴於正，佈局貴於常，要從正常中顯功夫。」

看！看！

這就是寫作之道的第一課，不必去聽甚麼講座了，照着做就是，保證得益匪淺。

所謂畫鬼容易畫犬難，越是平凡普通的題材，越是錯不得，一點點紕漏，大家立刻發覺了，把極之樸素題材做得引人入勝，才叫功力，新寫實派就是這樣興起來。

這樣的忠言想必逆耳：老實過了頭，會不會被人誤會有欠靈巧？也有較為折中的辦法吧，以偏鋒嘩了眾，取了寵，似乎就有資格花些時間慢慢打好基礎走較為正常的路了。

為甚麼？因為只有那樣，事業生命才能較為長久呀。

事實勝於雄辯，走捷徑搞偏鋒永不長久，霎眼間煙消雲散，無影無蹤。

世上所有事物都是以正為貴。

開頭

「莎拉此刻在沙甸尼亞。」

這是一篇短篇小説的第一句。説真的，小説該怎麼開頭？該像金庸那樣，平和地娓娓道來，抑或像倪匡那樣，一開頭就充滿懸疑性，叫讀者直追下去？

有許多故事，可閱性也許很高，但是開頭開得不好，讀者沒有興趣再讀。

真不知道該從甚麼地方説起，一天所發生的事已經放在那裏，有人自鬧鐘響起身洗臉刷牙寫起，有人不甘平凡，自與同事吵架鬧到老闆處寫起，又有人喜歡叫主角躺在床上回憶那一天所發生過的事故。

在學校裏，上作文課時，老師也約莫教過些訣竅，一向中文作文分數只算中下，應到今日，並沒有發生奇蹟。

莎拉在沙甸尼亞，幹甚麼？是否穿着極薄的白袍子站在別墅露台迎風看日出？除了這些優美的背景，也總得構思情節的吧。

「寫作是吃苦的行業。」

這樣的開場白，又算不算數？凡事想太多真是不行的，還是快快寫出來再算。

寫小說

曲折的情節十分難寫，儘管有人以為甚麼都沒發生過才是高招，譬如說，兩個中年人對着愁白髮就愁掉一萬數千字，不過讀者還是希望小說有出人意料的發展，並且有一個不落俗套的結局。

精彩對白也頗為重要，太普通的日常語沒有意思，像「你喝咖啡還是茶」、「加幾粒糖」、「我們去看七點半場還來得及」，不過，不像人講的話，最好也別逼主角們講，如「我愛你愛個千秋萬載，海枯石爛，啊，永恆不變」之類。

人物的性格需強烈、突出、並且合理，壞的一味壞、忠的一味忠大抵已不為今日老練的讀者接受。

那麼，成功地營造細節，更是了不起的成就，細節增加整篇故事的真實感，例：那女孩子專門穿紅鞋兒，她往上爬，成功、躊躇志滿，都由紅鞋兒帶領，最後淪落潦倒，腳下的紅鞋也已殘舊骯髒。不過難中至難是製造小說氣氛，賺人熱淚的，往往是這種感覺，自第一頁開始，就感動讀者，看到第四十頁，他們終於忍不住，淚盈於睫。

沒有氣氛的小說毫無精神，懨懨欲睡，但見書中人來人往，主角們瞎七搭八閒話家常，爭風喝醋，到最後隨便哪個拋棄了誰，劇終。

銜接

與行家談寫小説。

他説：「一場同另外一場銜接部份最難寫，如何交接得不露痕跡真是一種技巧，你怎麼樣處理這個問題？」

頓時目瞪口呆。

想都沒想過有這等巧妙存在。

一向坐下來便寫，寫完這一場便接下一場，主角自香港飛到倫敦的話，自然就跟着寫倫敦的故事，主角回憶少年時，環境背景便追溯到那個朝那個代，毫無技巧可言。

統統平鋪直敍，由此可知，這些年來，其實根本不理解寫作之道？抑或，不顧理論，反而自有好處，因為顧慮太多，有礙實踐？

對於寫作，一點心得也無，「你怎麼樣寫作？」曾戲言曰：「坐着寫，站着不能寫。」

正經一點也可以說：拿一天精神最好的時間寫。

因是科班出身，只靠活學活用，不比大學裏唸創作文學科的學生，理論多多。

對起承轉合，一竅不通，寫到哪裏是哪裏，一味寫，全然沒考慮過銜接問題。

唉，或許今日就應該好好想它一想。

奇怪

銀幕上，男主角氣急敗壞的走出來，滿頭大汗，心急慌忙地問：「誰，是誰？」

觀眾情緒立即被拉緊，密切注意劇情。

寫作就沒有這等便宜了，事事靠一支禿筆形容，七情六慾，統無借力之處，只靠黑字白紙慢慢描出來。

寫亭子間嫂嫂般風騷女往門框邊一倚，嬌嗲地說「啊唷，這是講誰呢」，那裏比得上活色生香的女主角出場現身說法。

可是，也許，寫作的趣味也就在這裏：把平面的文字組合在一起，使之成為生動立體的畫面，技巧高超的寫作人，神乎其技，硬是利用簡單文字，編成故事，迷死讀者。

嘿，大作家認識的字，人人會寫，不知恁地，經大作家組合，特別好看。

推理小說令人毛骨悚然，恐怖故事叫讀者驚駭莫名，愛情長篇又往往賺人熱淚。

好看的書，魅力無窮。

手頭上一有好書，心難搔，自幼便如此，總不能等到空閒才讀，總會放下正事，無法控制地先睹為快。

對其他引誘已早無如此激情，對看書，卻有變本加厲之勢，何解？

酸不可耐

雜文的風格，有許多許多種，數一數，包括悍、潑、強、刁、騷、嗲、勁，也有人寫得文靜，寫得謙虛、寫得幽默，寫得活潑，更有人文筆雋永，見識多廣，有書生派、主婦派、愛國派、華麗派，既有人返璞歸真，也有漏夜勤學宣傳。

各有各妙處，熱鬧非凡，真正好看。

只除了一樣：酸。

酸性文字最最難受，往往讀一兩行，立即把雙眼移到別處去，怕遭

腐蝕。

要做到這等酸酸酸得每個字似醋汁子擰出來，也真非一朝一夕可以做得到，相信也極考工夫。

諷刺、揶揄、嘲弄性文字很多時亦有可觀之處，說不定頗具建設性。自我吹噓？無可厚非，何必等旁人動手，更加不用怕難為情。

任何模式都比酸溜溜要高一皮，偶一酸之還不打緊，連酸一段時期，相信讀者便會自動棄權。

先是酸，後是澀，接着整個專欄晦暗起來。

偏偏一邊又佈滿甜的、香的、艷的、伶伶俐俐，快快活活的文字，顧客的選擇，是明顯的吧，於是惡性循環，酸者愈酸，不能自拔。

信箱主人

一直羨慕信箱主人，為善男信女解答迷津，信者得救。

又曾經構思一個專欄，由三個性別、個性、年齡、背景、學識，以及價值觀完全不一樣的寫作人來回答同一封信，三個答案可能南轅北轍，毫無類同之處，但讀者卻得益匪淺，因為可以從多種角度來看一件事，多了參考餘地。

自問怪論甚多，觀點亦頗為新奇，看到讀者信，時常技癢。

譬如說有人去信婦女版：「大型舞會中穿露臍裝是否適合？」馬上

想到一個答案：「假如你有一粒十卡拉鑽石可以鑲在肚臍上，為甚麼不呢。」

大多數讀者並不希冀真正得到甚麼金石良言，他們寂寞，寫作人也寂寞，設一個信箱，互通心曲，妙不可言。

旁觀者清，當局者迷，其實每一個人都可以為朋友分析難題，只是太熟了，對方也許不好意思將心事和盤托出。

不過回答得太俏皮太先進，可能要捱罵，答覆太保守太安全，又沒有味道，也不是那麼容易的事。

有人說大報的副刊通常不夠活潑，大約是怕寫作人忽然刁鑽起來，去得太盡。

連主持信箱都斯斯文文的。

幼兒故事

真想寫兒童故事，主角人物都構思好了，叫做少俠咪咪咪，情節？也還有趣。

只是故事少了一個教訓，據說，給孩子們看的故事，一定要有個教訓，雖然一直不知道《人魚公主》與《快樂王子》這兩個著名童話含着甚麼教誨，但始終沒敢動筆。

教訓成年人比較容易：站起來！少訴苦！人不愛你，你要自愛……等等，總之鼓勵女性獨立，再吃苦也要站得筆挺。

不但要在事業上爭氣，連外型也要裝扮得無懈可擊，揚眉吐氣，顧盼自如。

怎麼樣教訓幼兒呢？

驕傲必引致失敗？自私將招致損失？勤力讀書、孝順父母、友愛兄弟？

牛頓與蘋果、華盛頓與櫻桃樹，孫叔敖與兩頭蛇，司馬光與大水缸有一個共同點，那就是不好看。

能不能寫得胡調點，像話說少俠咪咪咪一覺醒來，馬上覺這是一個行俠仗義、替天行道的好日子，立刻怪叫數聲，自床上衝下，投入社會，以免媽媽老是批評他飽食終日，無所事事，言不及義……

要被投籃的。

突破

小說中，最難寫的，或許可能應該是性愛場面了。一定要經過巧妙的安排，合乎劇情需要，寫得流麗優美，才不會使讀者反感，稍覺突兀，即成敗筆。

而且，成年人的世界裏，一切講究含蓄，有甚麼事是非得赤裸裸辯個一清二白的呢。有人愛人一輩子，從不曾說出來，更加可貴。

即使是筆下男女主角，也還有維持他們私隱的權利，隱惡揚善，故有刪除天香樓一章之舉。讀者意會之餘，震盪感更勝一籌。

絕對不是純潔到不食人間煙火，書中人統統不是善男信女，凡心熾熱，但，不用一一數清楚吧，憑其言行舉止選擇，已知為人，已明其遭遇，何用露骨。

留一點想像的餘地，豈非更好，讀者是很壞很聰明的一群人，作者不需要擔心他們看不出底蘊。

無端端加插一場好戲，既不能與整個故事融匯，又不能獨立成章，多麼尷尬。況且，任何專業都講究長期抗戰，絕少有作者一書成名歷久不衰。

不如實事求是，先把人物塑造妥善，對白練得機靈活潑，劇情安排得合情合理，盡量寫出新意，然後，再作突破。

不要寫

行外人偶然有緣遇見職業作者，最常見的反應便是「你會不會寫我」或是「糟糕，他一定會寫出來」。

也是人之常情吧，來這花花世界一場，誰都認為他是天字第一號精彩人物，其所作所為，約夠賣文為生之人，寫足一輩子。

事實當然不是這樣的，普通人實不必疑心生暗鬼、自擔心事，小人物即使願意把一生從頭到尾細細數一遍，付出龐大稿費，託人寫本自傳，讀者未必有興趣。

說不定還貶一句「這是誰，醜人多作怪」。

作者都歎沒有題材，卻還不敢拿自來水渾充龍井茶，壞了招牌。

街外人很難明白這個道理，一貫地興奮莫名，患得患失的怕專欄作者會得把他的言行舉止如數家珍似在最暢銷的報章及雜誌上寫出來。

真是可愛。

由此可知，副刊行業看上去的確有點Deceptively Easy，以為它容易做的，大有人在。

這樣的形象，其實是種恭維：隨隨便便把張三李四的動靜描繪下來，便能換取報酬，生活優悠——值得作者唱喏道謝。

寫作壓力

寫作壓力來自多方面。

（一）真的要坐下來寫完它，很要花一點勁，故此需相當自律。

（二）寫甚麼？當然希望今天的我勝過昨天的我，壓力不可謂不大。

（三）文字天天刊登在報章上受讀者評分，日子久了，壓為齏粉。

（四）有些行家專愛挑剔他人文字，你說來，他說去，你說是，他說不，巴不得打筆仗，忍，不是，不忍，更不是，也是壓力。

（五）編輯要求多多，一時一個花樣，一剎要變字數，一會兒又要變風格，作者疲於奔命；又偏心，厚此薄彼，令人心寒。

居然還有許多人認為寫作不過是在家隨意寫寫即可換取酬勞的一門簡單營生。

還有（六）枯燥寂寥的壓力，一個人坐在那裏沙沙沙地寫，一張張紙上每個格子有時似要跳出來追咬作者……控制得不好，不是成為天才，就是變成瘋子。

日子化為一篇篇長篇與短篇、雜文及散文，作者本人都融在格子裏。

看小說

同文說，女性愛看小說，特別是女作家寫的生活小說，她們看書中人物怎樣面對生活上的問題，藉以借鏡，並且啓發共鳴。

並非如男性讀者想像那樣，女人喜歡看愛情小說，當然，每篇小說中都有愛情，但只是一小部份，並且在現代女性的生活中，也不見得是極之重要的一部份。

較年輕的時候，十分喜歡張愛玲的小說，就是因為這個緣故，她的主角全部活生生，需要應付人情世故、開門七件事，以及男女之情。

她們徒然長得聰明美麗，卻總是欠了一點點運氣，令讀者欷歔不已。

過了七十年代，張著中女主角的委屈漸漸淡出，女性經濟全盤獨立，女子之苦已完全變了樣子，不過小說裏練達的人情仍叫讀者回味。

我自己也是一名小說作者，老讀者知道我一直力勸女子循正途多賺一點，把經濟搞好，才能理直氣壯。

生活上依賴他人，簡直不像話，故享福的太太大抵不愛看拙作。

生活井井有條，才有資格去談戀愛嘛，小說如不能反映生活，非常空洞無聊。

Scheherazade

女性説故事，始祖是誰？

大抵是雪哈拉薩，即是《一千零一夜》、《天方夜譚》那個靈敏少女。

皇上每晚難以入寐，找人講故事，講得不好，或是説不下去，全部斬首，直至這少女出現，她一共講了一千零一夜：阿里巴巴與四十大盜、水手辛巴、飛毯、海怪……聽到皇上入迷，終於娶少女為妃，不用再説故事了。一千零一夜故事共十卷，流傳至今。

另外一位始祖，是日本的紫式部，她是《源氏物語》的原著人。說也奇怪，也是因為宮中妃嬪寂寥，邀請天才的她寫故事，娛樂枯燥生活。

《紅樓夢》也首先在閨閣流傳，太精彩了，讀者把情節抄下再傳閱，故此有那麼多錯漏甚多的手抄本。

女性喜歡看故事，故此有chick lit一類小說，勃朗蒂與奧斯汀是其中高手。

這一直是個龐大市場，最新的雪哈拉薩，當然是寫《哈利波特》的羅琳，收入高過英女皇！

做到那樣，當然要有讀者緣、非常幸運，以及作品出眾。

英譯本

大作有無英譯本？

也不是難事，行家中不少是雙語專家，寫完中文，親手譯成英文即可。如沒有空，可拿到翻譯社去；如果想譯得考究點，大學外文系裏許多高材生都願意效勞。

德高望重如金庸，更可勞駕劍橋牛津大學教授代為動筆。

譯為英日法蘇德文都不是難事，所費亦無幾，拿到出版社，排版印成英譯本，大功告成。

年來亦有小規模英文及日文出版社前來接觸，認為可以一試，措辭十分客氣，當然要等條件比較可靠的出版機構來提建議。

譯本最終是希望放在外國書局內擺賣，最好擱在米高桂頓及史提芬京的專欄旁邊，爭一席地位，否則，譯來何用？

有人覺得英譯本是身份象徵，其實不過等於本地電影上加一行英文字幕，又有演員決定前往荷里活闖世界，則好比華裔以英語創作，想打進市場，談何容易，成龍與王晶都説情願為華人服務。

無論何種版本，主要是賣之去也，換取生活，全世界有華人，做得到他們生意就已經夠好。

序

愛開玩笑的朋友才叫我寫序。

真不知何德何能，泥菩薩過河，自身難保，倘若寫作是一座一百二十間房的華廈，我連客廳的四隻角落還未去到，如何發表意見。其餘二難是擔任評判，或是主持講座。凡事勉為其難，也有個程度，你叫我跳隻舞、唱首歌，無所謂，可是對他人的作品題序，萬萬不可。

拙作上也從來無序，開門見山，立刻開始講故事，說得不好，都請包涵見諒，說得還不錯，請稱讚一兩句。

深覺序言、作者小傳與玉照、以及各種宣傳包括贈閱，統統不重要，內容主宰一切。

行家對拙作，或是我對他人大作，均無深切瞭解，陌陌生生，貿貿然，如何作出推介？

你讓我介紹《鹿鼎記》或是《麥田捕手》、《咆吼山莊》，或是《小王子》又自不同，我真的看過，而且深受感動震蕩，意見滔滔不絕也不稀奇，那是一個讀者的意見，不是評論家的觀點。

假使序裏可以寫老實話，那麼就「我認識某多年，他叫我寫序，傳統上花花轎子人抬人是世故，這是我的面子，故序」好了。

題獻

伊安法蘭明是零零七占士邦故事的原作者。

成名之後，他頗洋洋自得，一日，問他妻子：「下一部書，我題獻給誰好呢。」

他的賢妻這樣忠告他：「伊安，你寫的那種書，不適宜有獻詞。」

笑得我們。

不過，身為人妻，如此多言，這樣誠實，不是好事。

那麼，甚麼樣的著作才可以恭敬題詞獻給人呢，想像中只有博士論文。

一個作者，寫出文字，當然是獻給所有讀者，何用特別注明。

文字如不能獲得廣大閱讀，那豈非同寫日記一樣，寫作人心中不應存其他雜念，像討好某一撮權貴之類，也不適宜作任何宣傳用途。

讀者不分型類，但少年讀者往往令人驚喜，那些說「我自小看你文字」的讀者，也叫作者歡喜。

清清爽爽一本小書，不必前言後語，題獻序文，只希望讀者高興。

呵，還有，勿要用作者玉照做封面。

封面

曾經一度，相當流行以作者玉照做單行本封面。

約十年八年前吧，此風大盛，書店也很幽默，將同類型小冊子放同一位置，驟眼看上去，嘩，像電影畫報模樣，月份牌美女如林，眼睛吃冰淇淋，讀者買一得二，既可欣賞文字，又可評頭品足。

賣相過得去的作者，大部份願意把握難得的機會，畢竟，不是每個人的彩色照片都可以公開發行。

不過近年來，大概是拍照造型費時，真人統統不大露相了，叫讀者好生惆悵。

作者對其作品的緊張程度各異，有人甚至拿小說比作親生孩兒，熱情澎湃到極點，是以，對封面之關注，也非同小可，往往親自監製，鞠躬盡瘁，可敬可佩。

但也有人覺得封面只要大方清爽，已經盡了責任，畢竟顧客都知道歌者非歌，包裝不可馬虎，但層層曼妙的疑雲之下沒有實物，也誠屬美中不足。

像一切事，開始的時候必定是緊張的：封面字體不對，一隻顏色未合理想，都能懊惱半天，漸漸就心平氣和。

從來不過問封面設計的作者也不少，要等書出版後拿在手中才知好歹，也從來不覺不滿意，早與出版社達成默契。

互灌迷湯

勞資雙方，必須維持絕端虛偽客套關係。

問候出版社：「生意還好嗎」，老闆一定答：「託你鴻福」，這時，千萬不可信以為真，宜即時誠惶誠恐，汗出如漿般回答：「啊，合作十多年，還如此客氣，折煞小人矣」，為甚麼不呢，互灌迷湯，皆大歡喜。

根本也是事實，人家店面賣鐳射影碟，文房用具，已經夠開銷，印製小書，不過是額外興趣，一些作者老以為他的大作提攜了某出版社，真正可愛。

又報館邀稿，必定好話說盡，大老闆一而再，再而三親自到草廬探望，又派得力夥計助陣，務必達到目的。

受用？當然，飄飄然享受之餘，切莫信以為真，表面上當然必恭必敬：「喳，臣願赴湯蹈火，報知遇之恩」，私底下千萬留條後路，兄弟，花無百日紅，人無千日好，迷湯全部受落，解藥則自備。

行江湖日久，甚麼陣仗沒見過，到處都是雙面人，經驗由慘痛犧牲換來，到了今日，自然刀槍不入，神功練成。

娘家

家裏但凡少了甚麼，都向娘家要。雨前龍井喝光、稿紙用罄、想看哪些書報雜誌、急用藥物，都致電娘家，叫他們火急航空寄上。

親友過境，亦由娘家代為照呼，請茶請飯，出車出人，面子十足。

其實已無娘家，所謂娘家，只是出版社。

怎麼會同一間出版社產生這樣的感情？日子見功，人非草木。

稿件雜物信件，統統先送到出版社，讓他們逐份分發，一清二楚，有誰找，也由他們轉告，永無失誤。

需要寶貴意見，立刻去信詢問，總能得到忠告，有甚麼感慨，坦白相告，溫言安慰少不了。

因此戲稱娘家，想像中，娘家應是這樣的吧，上天十分公平，一個人不會一無所有。

一日，衝口對一位太太說：「小孩中文讀本，娘家會寄來」，「啊，你娘家真好」，因笑答：「可不是」，找到了。

老伴過境，次次被請到福臨門，各色禮品帶回來了，不知多高興。

版權

版權所有，不得翻印。

書的版權，到底屬於啥人？

當一篇小說還是一疊原稿的時候，它屬於作者。交到出版社，談好條件，簽妥合同，付印，變成一本書，擁有版權的，是出版社。

平日大家說「我的書你的書他的書」，其實是有語病的，張三跑到書店去買張三所著的大作，一樣要付出書價，這些書，全是出版社的生財工具。

其實是一種合夥生意，作者把作品當為投資，書商負責紙張打字封面設計以及印刷，兼顧倉租舖面發行，過程頗為繁複，所以分起帳來，奸商肯定要佔多幾成。

從此之後，大權旁落，小冊子飄泊到無數角落，有些往南洋，有些去歐美，高級點擺在圖書館，普及點放到租書攤，一些讀者會用膠紙包好珍藏，另一些看完便扔到一角。

怎麼，難道還心痛不成，賣者去也，除非甘心擁着手抄本當傳家寶，否則總得交出去加個七彩封面到處擺賣，再清高的作品都避不開這個命運。

能夠出書，失去版權，也是值得的。

假如暢銷，更是意外之喜。

圖書館

好喜歡圖書館。

忘憂之地，通常光線充足，空氣清新，充滿書香；一鑽進去，成個下午不知不覺溜走，忽爾已近黃昏。

又是做功課的好地方，若學生交不起電費，冬日的公寓好比離恨天，當然是賴在圖書館裏，選一個近水汀的位子取暖。

約有三年的時光，所有稿子，都在圖書館內寫出來。館內不准飲食，想喝一杯水都不能，真不知怎麼熬過。

仍對圖書館沒有惡感，買不起雜誌，蹭在館內一一翻閱。它的影印服務，多數又快又便宜。管理員不嫌其煩，總能找到我們要的參考書。

規模大的圖書館佔整幢大廈，應有盡有：聽的，看的，盲人凸字，式式俱備。到了一個大城市，總得到她的圖書館逛逛，見識見識。許多古色古香的建築物，都被政府徵為圖書館。

在圖書館裏看到自己的書，倒並不是愉快之事。試想想，人人借來看，作者豈非吃西北風？

買書的才算讀者呀。

多麼現實，我借書用，天經地義；人借書看，是為吝嗇。哈哈哈哈哈。

書

書店中兒童部門至有趣，一頭鑽進去，不願出來。

統統小小本，適合小手小人，種類之多，要慢慢細説。

極幼的幼兒所看的書，用特別材料製成，不易撕壞，多數用厚卡紙，邊緣切得彎彎曲曲，不刺人。

還有塑膠布書，洗澡時看，免他們泡在水中無聊。

還有布縫的書，又柔軟又舒服，可摟着入睡。

那麼稍大之後，立體書最受歡迎，林林總總，美不勝收。

看書是最有趣的一件事，自幼養成習慣，大了不愁寂寞，不用出門，可知天下事。

今日的兒童書已與玩具融於一體，一本講汽車的書附設四個輪子，邊看邊推來推去。

另外一本講公主與魔法的童話附有面具，戴上了可扮演書中角色。是為着悉心教育兒童而去發掘這樣的寶藏嗎，非也非也，全為自己。從前逛書店，至愛逛世界大地圖部門，現在則專門參觀兒童叢書。

看得書多，有一個好處，很快會發覺山外有山、人外有人，世界之大，無奇不有，因而服服貼貼，盡其本步而遊於自得之場。

討價還價

買書一向有討價還價的習慣。很奇怪，西方遊客都聞說在香港購物不着地還錢乃羊牯，可是在香港住了幾十年，卻很少講價。反而在歐美，卻狠狠還價，或是等店舖自動還價，幾乎不願原價購買任何東西，總希望有折扣。

跑進書店，先朝特價部走，是學生時期養成的習慣吧，看到喜歡的書，已經半價，十分化算，仍然還價。

把書拿到櫃枱，絮絮道：「這樣殘舊了應該有本比較新的，印刊數量可能不多，這是波士頓美術館為一個展覽印的特刊：十八世紀至廿世紀的歐美扇子，真冷門，是不是？」可是真的美。

店員一看，「本來廿五元，現售十一元，只餘一本了，」他慷慨地說：「六元吧，六元售予你。」立刻成交。

可是一本講世界各地玻璃珠的畫冊，一毛錢也不減，也無所謂，打書釘，把它看完。

每間書店都有熟悉的角落，鑽進去，消磨大半小時，不算一回事，原則是實在放不下來，也只得買回家，還有，家人買甚麼，不要置評，切勿阻止。

全書完

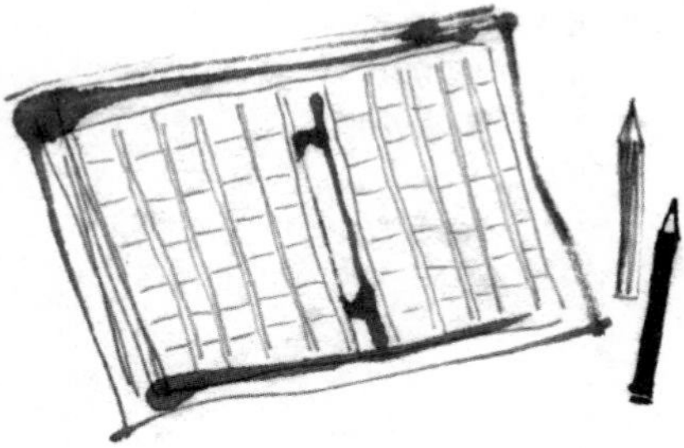

書名　寫作這回事　作者　亦舒

出版　天地圖書有限公司
香港皇后大道東109-115號
智群商業中心十五字樓
電話：2528 3671　傳真：2865 2609

香港灣仔莊士敦道三十號地庫／一樓（門市部）
電話：2865 0708　傳真：2861 1541

設計及插圖　Untitled Workshop

印刷　亨泰印刷有限公司
柴灣利眾街27號德景工業大廈十字樓
電話：2896 3687　傳真：2558 1902

發行　香港聯合書刊物流有限公司
香港新界大埔汀麗路36號
中華商務印刷大廈3字樓
電話：2150 2100　傳真：2407 3062

出版日期　二〇一七年十月／初版・香港